TREM-BALA

Livros da autora publicados pela **L&PM** EDITORES:

Topless (1997) – Crônicas
Poesia reunida (1998) – Poesia
Trem-bala (1999) – Crônicas
Non-stop (2000) – Crônicas
Cartas extraviadas e outros poemas (2000) – Poesia
Montanha-russa (2003) – Crônicas
Coisas da vida (2005) – Crônicas
Doidas e santas (2008) – Crônicas
Feliz por nada (2011) – Crônicas
Noite em claro (2012) – Novela
Um lugar na janela (2012) – Crônicas de viagem
A graça da coisa (2013) – Crônicas
Martha Medeiros: 3 em 1 (2013) – Crônicas
Felicidade crônica (2014) – Crônicas
Liberdade crônica (2014) – Crônicas
Paixão crônica (2014) – Crônicas
Simples assim (2015) – Crônicas
Um lugar na janela 2 (2016) – Crônicas de viagem

MARTHA MEDEIROS

TREM-BALA

www.lpm.com.br

L&PM POCKET

Coleção **L&PM** POCKET, vol. 512

Texto de acordo com a nova ortografia.

As crônicas deste livro foram publicadas nos jornais *Zero Hora* (Porto Alegre) e *O Pioneiro* (Caxias do Sul), na revista *Estilo Zaffari* e no site *Almas Gêmeas* do ZAZ (internet).

Também disponível em formato 14x21cm. Primeira edição em outubro de 1999.
Primeira edição na Coleção **L&PM** POCKET: abril de 2006
Esta reimpressão: fevereiro de 2018

Capa: Ivan Pinheiro Machado. *Ilustração:* iStock
Revisão: Renato Deitos, Jó Saldanha e Camila Kieling

ISBN 978-85-254-1540-0

M488t	Medeiros, Martha Trem-bala / Martha Medeiros. – Porto Alegre: L&PM, 2018. 256 p. ; 18 cm (Coleção L&PM POCKET) 1. Ficção brasileira-Crônicas. I. Título. II. Série. CDD 869.98 CDU 869.0(81)-94

Catalogação elaborada por Izabel A. Merlo, CRB 10/329.

© Martha Medeiros, 1999

Todos os direitos desta edição reservados a L&PM Editores
Rua Comendador Coruja, 314, loja 9 – Floresta – 90.220-180
Porto Alegre – RS – Brasil / Fone: 51.3225.5777 – Fax: 51.3221.5380

Pedidos & Depto. Comercial: vendas@lpm.com.br
Fale conosco: info@lpm.com.br
www.lpm.com.br

Impresso no Brasil
Verão de 2018

SUMÁRIO

As boazinhas que me perdoem / 11
A imprensa não age sozinha / 13
A hora e a vez dos fanáticos / 16
O que quer uma mulher / 18
Jogando pôquer com Burroughs / 21
Parto sem dor / 24
Mulher de um homem só / 27
Sur-pre-sa! / 30
Crônica do imediato / 32
Mulheres de preto / 35
Não basta amar / 37
Madrugada é um lugar que não existe / 40
Provação / 42
Quando um não quer / 45
Viajar para dentro / 47
Apelidos: dupla identidade / 49
Sexo e verdade / 51
Festim diabólico / 54
A avalanche foi sem querer / 56
Trancados por fora / 58
Homens x mulheres: empate técnico / 60
Rir com o cérebro / 63
Prova de amizade / 66
Casamento na igreja / 68
Herança de papel / 70
Choque térmico / 73
Cordão umbilical / 75
É namoro ou amizade? / 77
Amores intraduzíveis / 79

Atrasados e orgulhosos / 81
A idade de casar / 83
Cultura de rua / 85
Resorts flutuantes / 87
A felicidade a nosso modo / 89
O fascínio por quebrar recordes / 91
Sozinha no restaurante / 93
A dor que dói mais / 95
A morte, a vida e o amor / 97
As razões que o amor desconhece / 99
Um Silva a menos, um Collor a mais / 101
O sexo das mães / 103
Absolvidos pela conversão / 105
Vencer sem se perder / 107
Palavras mortas / 109
Maníacas pela fama / 111
Amor de fã / 113
Grávidos / 115
Liberdade vigiada / 117
Beijo na boca / 119
Pobre Ratinho rico / 121
O lugar ideal / 123
Quem tem medo de Alain de Botton? / 125
Censo interno / 127
Mil vezes Clarice / 129
O tarado americano / 132
O melhor presente / 134
Mulheres como vieram ao mundo / 136
35 anos para ser feliz / 138
Dois governadores e um Rio Grande / 140
A necessidade e o acaso / 142
O homem e a mulher da sua vida / 144
Verdades e mentiras / 146
Não dançando conforme a música / 148
Televisão: a nova casa do Senhor / 151

Miss Brasil 2000 / 153
Baixo-astral: de quem é a culpa? / 155
Homens que se aproveitam / 157
Emancipação masculina / 159
Foi tudo muito rápido / 162
Os melhores, os piores e os diferentes / 164
Mamãe Noel / 166
O tempo e a pressa / 168
O bicho homem / 170
Tiazinha, Zorro e outras máscaras / 172
O palácio e o apê / 174
Em perigo de extinção / 176
Relacionamentos maduros / 178
A necessidade de desejar / 180
Existir, a que será que se destina? / 182
Paquera pela internet / 184
Próxima parada, Wonderland / 186
Dia internacional da porção mulher / 188
Livros e latas de azeite / 190
O lixo do século / 192
O mulherão / 194
Freud em Wall Street / 196
A minha Porto Alegre / 198
A zona franca do pensamento / 200
Beijos a granel / 202
O primeiro bebê do ano 2000 / 204
Refeições literárias / 206
O fim do mundo, de segunda à sexta, às 20h. / 208
O casamento invisível / 210
O contrário do amor / 212
Convenções: prós e contras / 214
Outras abolições / 216
A noite das Mães / 218
Rasgação de seda / 220
Imitação de vida / 222

Kit felicidade / 224
Os caras e suas carangas / 226
Caminhando e cantando / 228
Lista de noivas / 230
Guardar / 232
O repouso das coisas / 234
Bateristas / 236
Feliz você novo / 238
O jogo da velha / 240
Ilha dos lobos / 242
Pai-nosso / 244
Trem-bala / 246

Sobre a autora / 249

A vida não pode ser apenas um hábito.

KATHERINE MANSFIELD

As boazinhas que me perdoem

— Qual é o elogio que toda mulher adora receber? Bom, se você está com tempo, pode-se listar aqui uns 700: mulher adora que verbalizem seus atributos, sejam eles físicos ou morais. Diga que ela é uma mulher inteligente e ela irá com a sua cara. Diga que ela tem um ótimo caráter, além de um corpo que é uma provocação, e ela decorará o seu número. Fale do seu olhar, da sua pele, do seu sorriso, da sua presença de espírito, da sua aura de mistério, de como ela tem classe: ela achará você muito observador e lhe dará uma cópia da chave de casa. Mas não pense que o jogo está ganho: manter-se no cargo vai depender da sua perspicácia para encontrar novas qualidades nessa mulher poderosa, absoluta. Diga que ela cozinha melhor que a sua mãe, que ela tem uma voz que faz você pensar obscenidades, que ela é um avião no mundo dos negócios. Fale sobre sua competência, seu senso de oportunidade, seu bom gosto musical. Agora, quer ver o mundo cair? Diga que ela é muito boazinha.

Descreva aí uma mulher boazinha. Voz fina, roupas pastel, calçados rentes ao chão. Aceita encomendas de doces, contribui para a igreja, cuida dos sobrinhos nos finais de semana. Disponível, serena, previsível, nunca foi vista negando um favor. Nunca teve um chilique. Nunca colocou os pés num show de rock. É queridinha. Pequeninha. Educadinha. Enfim, uma mulher boazinha.

Fomos boazinhas por séculos. Engolíamos tudo e fingíamos não ver nada, ceguinhas. Vivíamos no nosso mundinho, rodeadas de panelinhas e nenezinhos. A vida feminina era esse frege: bordados, paredes brancas, crucifixo em cima da cama, tudo certinho. Passamos um tempão assim, comportadinhas, enquanto íamos alimentando um desejo incontrolável de virar a mesa. Quietinhas, mas inquietas.

Até que chegou o dia em que deixamos de ser as coitadinhas. Ninguém mais fala em namoradinhas do Brasil: somos atrizes, estrelas, profissionais. Adolescentes não são mais brotinhos: são garotas da geração teen. Ser chamada de patricinha é ofensa mortal. Pitchulinha é coisa de retardada. Quem gosta de diminutivos, defina.

Ser boazinha não tem nada a ver com ser generosa. Ser boa é bom, ser boazinha é péssimo. As boazinhas não têm defeitos. Não têm atitude. Conformam-se com a coadjuvância. Ph neutro. Ser chamada de boazinha, mesmo com a melhor das intenções, é o pior dos desaforos.

Mulheres bacanas, complicadas, batalhadoras, persistentes, ciumentas, apressadas, é isso que somos hoje. Merecemos adjetivos velozes, produtivos, enigmáticos. As inhas não moram mais aqui. Foram para o espaço, sozinhas.

Agosto de 1997

A imprensa não age sozinha

Princesas não morrem. Ao contrário: são felizes para sempre. Isso explica grande parte da comoção provocada pela morte absurda de Lady Di. Eu mesma, que já havia criticado seu comportamento semirretardado durante a célebre entrevista para a BBC, fiquei sensibilizada. Ao recuperar a solteirice, a ex-futura rainha da Inglaterra parecia ter voltado a ser simplesmente Diana Spencer, uma mulher madura, bonita e livre, que respondia pelos seus atos em vez de continuar fazendo o papel de vítima da família Real. Diana estava renascendo, mas se foi, num parto prematuro.

É fácil prever que a imprensa não sairá ilesa do acidente, já que foi confirmado que alguns paparazzi seguiam o carro da princesa no momento da tragédia. Segundo muitos, quem matou Diana não foi o acelerador, mas as lentes dos fotógrafos.

Deve ser mesmo um inferno essa perseguição implacável, essa falta de privacidade que impede celebridades de terem uma vida normal. Diana não podia abrir uma janela sem que houve dezenas de teleobjetivas apontadas em sua direção. Sua rotina era uma verdadeira prisão de segurança máxima. Mas os jornalistas sensacionalistas não merecem levar a culpa inteira. Também temos algo a ver com isso.

Nada mais emocionante do que a vida dos outros, ou você lê a revista *Caras* pelo seu texto erudito? "Os outros" são ricos. "Os outros" são lindos. "Os outros" têm amantes, segredos, histórias para contar. Até a casa do vizinho, vista de fora, parece mais aconchegante que a nossa. Viver a própria vida é entediante. A dos "outros" é que merece foco, e as vendas de lunetas vão muito bem, obrigada.

Enquanto houver mercado para a bisbilhotice, haverá paparazzi. Uns mais discretos, outros mais atrevidos, mas todos de plantão. Podemos chamá-los de urubus, só não sejamos cínicos: o boicote às fotos de Diana acidentada dentro do carro é o mínimo que se espera, mas quantos leitores boicotariam um jornal que as publicasse?

Diana, sem querer, foi a vítima perfeita. Era loira, linda e aristocrática, o que não combina com vida mundana. E foi também adúltera, divorciada e roqueira, o que não combina com contos de fadas. Era uma princesa moderna, uma plebeia coroada, uma contradição fascinante. Tímida e forte, coadjuvante e estrela, tudo ao mesmo tempo. Mais do que uma mulher, um ícone. E quem a consumia éramos nós, que fazíamos triplicar a tiragem das revistas cada vez que ela aparecia na capa. Sem Diana, é como se tivéssemos que aprender a viver sem coca-cola.

Toda celebridade é um produto de consumo, não importa o valor de seu trabalho. John-John Kennedy, Madonna, Michael Jackson, o Papa, todos eles estão expostos na vitrine da mídia. Fatura-se em cima de suas imagens, e eles faturam também, se não em espécie, em poder. Lady Di morreu precocemente porque o motorista da Mercedes estava a 160km por hora numa via pública. Se fez isso por conta própria ou se estava obedecendo ordens, ninguém sabe. Os paparazzi foram cúmplices? Talvez, mas nosso voyerismo também não sai dessa inocente.

Agosto de 1997

A hora e a vez dos fanáticos

Reconheço: para muita gente, um BMW de segunda mão está valendo mais do que um bom caráter. Entendo que, quanto mais o mundo se torna materialista, mais a religião conforta, mais força ganha sua função escapista. Admito que os valores atuais andam sem pai nem mãe, sobrevivendo às custas da boa vontade de poucos. Estou quase convertida, notem. Mas, de fanatismo, poupem-me.

Vamos ao assunto. É sobre a regulamentação da lei que autoriza mulheres grávidas que correm risco de vida ou que tenham sido estupradas a recorrer ao aborto através do SUS – Sistema Único de Saúde –, ou seja, pago pelo Estado. Polêmica. Histeria. Crucifixos tirados às pressas dos baús. Uma verdadeira guerra irracional, se é que existe outro tipo de guerra.

A lei que permite o aborto nos dois casos citados – risco de vida e estupro – existe desde 1940. É claro que há gente que não concorda. Natural, nada na vida é unânime. Mas os protestos não chegavam à mídia. Era, supostamente, um assunto encerrado. Foi preciso vir à tona a lei que autoriza o direito à assistência médica gratuita para despertar a ira daqueles que falam diretamente com o Senhor. Eles são contra o que, afinal? Contra o aborto nos casos permitidos por lei ou contra a assistência médica gratuita? Parece ser apenas mais uma oportunidade de gritar contra o aborto, pelo simples mencionar do assunto. Mas não é só isso. A verdade é que eles não querem que o Estado facilite a vida das hereges. O Irã é aqui.

A fronteira entre o emocional e o racional é tênue como um fio de cabelo. Racionalizar sobre paixões é o pior dos exercícios: prefiro fazer 300 abdominais. O inconsciente coletivo não quer saber da experiência privada de cada um. Sua filha de 13 anos foi violentada por um marginal e engravidou? Sua irmã tem hipertensão e pode morrer na mesa de parto? Danem-se. Que venham os bebês. Os psiquiatras estão aí mesmo para juntar o que sobrar das mães.

Ser contra o aborto é uma atitude legal e legítima. Ninguém é obrigado a aceitar. Mas negar a realidade é o pior dos ópios. Milhares de mulheres pobres não querem abortar: elas precisam abortar, seja por risco físico ou risco psicológico, e têm nas mãos, agora, a primeira chance de fazer isso de graça, com higiene e segurança. Os fanáticos que acusam essas mulheres de assassinas é que estão matando sem saber. É um atraso imperdoável.

Não é de hoje que a política contabiliza vitórias e derrotas em cima de dramas pessoais. A vida dos outros, mesmo alheia à nossa, nos pertence. Chama-se a isso sociedade. Quem pode, procura uma clínica clandestina. Quem não pode, procura um carniceiro e entrega a Deus.

Agosto de 1997

O que quer uma mulher

Um bebê nasce. O médico anuncia: é uma menina! A mãe da criança, então, se põe a sonhar com o dia em que a sua princesinha terá um namorado de olhos verdes e casará com ele, vivendo feliz para sempre. A garotinha ainda nem mamou e já está condenada a dilacerar corações. Laçarotes, babados, contos de fadas: toda mulher carrega a síndrome de Walt Disney.

Até as mais modernas e cosmopolitas têm o sonho secreto de encontrar um príncipe encantado. Como não existe um Antonio Banderas para todas, nos conformamos com analistas de sistemas, gerentes de marketing, engenheiros mecânicos. Ou mecânicos de oficina mesmo, a situação não anda fácil. Serão eles desprezíveis? Que nada. São gentis, nos ajudam com as crianças, dão um duro danado no trabalho e têm o maior prazer em nos levar para jantar. São príncipes à sua maneira, e nós, cinderelas improvisadas, dizemos sim! sim! sim! diante do altar. Mas, lá no fundo, a carência existencial herdada no berço jamais será preenchida.

Queremos ser resgatadas da torre do castelo. Queremos que o nosso pretendente enfrente dragões, bruxas, lobos selvagens. Queremos que ele sofra, que vare a noite atrás de nós, que faça tudo o que o José Mayer, o Marcelo Novaes e o Rodrigo Santoro fazem nas novelas.

Queremos ouvir "eu te amo" só no último capítulo, de preferência num saguão de aeroporto, quando ele chegará a tempo de nos impedir de embarcar.

O amor da vida real, no entanto, é bem menos arrebatador. "Eu te amo" virou uma frase tão romântica quanto "me passa o açúcar". Entre casais, é mais fácil ouvir "te amo" ao encerrar uma ligação telefônica do que ao vivo e a cores. E fazem isso depois de terem se xingado por meia hora. "Você vai chegar tarde de novo? Tenha a santa paciência, o que é que você tanto faz nesse escritório? Ontem foi a mesma coisa, que inferno! Eu é que não vou preparar o jantar pra você às dez da noite, te vira. Tchau, também te amo." E batem o telefone, possessos.

Sim, sabemos que a vida real não combina com cenas hollywoodianas. Sabemos que há apenas meia dúzia de castelos no mundo, quase todos abertos à visitação de turistas. Sabemos que os príncipes, hoje, andam meio carecas, usam óculos e cultivam uma barriguinha de chope. Não são heroicos nem usam capa e espada, mas ao menos são de carne e osso, e a maioria tentaria nos resgatar de um prédio em chamas, caso a escada magirus alcançasse o nosso andar. Não é nada, não é nada, mas já é alguma coisa.

Dificilmente um homem consegue corresponder à expectativa de uma mulher, mas vê-los tentar é comovente. Alguns mandam flores, reservam quarto em hoteizinhos secretos, surpreendem com presentes, passagens aéreas, convites inusitados. São inteligentes, charmosos, ousados, corajosos, batalhadores. Disputam nosso amor como se estivessem numa guerra, e pra quê? Tudo o que recebem em troca é uma mulher que não para de olhar pela janela, suspirando por algo que nem ela sabe direito o que é. Perdoem esse nosso desvio cultural, rapazes. Nenhuma mulher se sente amada o suficiente.

Agosto de 1997

Jogando pôquer com Burroughs

Uma vez perguntaram a William Burroughs se ele não estaria usando sua reputação de escritor para promover uma exposição de quadros de sua autoria. Perguntinha maldosa, cuja resposta foi um direto no estômago: "Claro que estou. É preciso saber aproveitar todas as cartas que temos".

Na mesma entrevista, ele arrematou: "As pessoas devem expor-se ao público antes que este perca o interesse". William Burroughs, todos sabem, morreu esse ano, mas o interesse por esse beatnik continua, mesmo estando ele fora de circulação.

Nem se discute: discrição é uma qualidade rara. Gente que não fala muito sobre si mesmo e que não conta vantagens é um luxo. Nada como uma vida low profile, com direito a sorrisos enigmáticos e silêncios providenciais. Não tem coisa mais patética do que alguém querer aparecer, aparentar, forçar a barra para vender uma imagem. Mas se uma porta foi aberta para nós, revelando nosso potencial, não há por que não tentar abrir outras. É aí que Burroughs entra em ação.

Algumas pessoas se queixam de que nada dá certo em suas vidas. São as vítimas do esquecimento alheio, do ninguém me ama, ninguém me quer. Mas se olharmos de perto, descobriremos que essas pessoas esperam que tudo caia do céu e só rezam pela cartilha da sorte, recusando-se a mexer um dedo para intervir no resultado final. Dizem-se discretas, tímidas, reservadas. Podem até ser, mas quanta passividade.

Todos, ao nascer, recebem as cartas a que têm direito. Uns recebem vários ases, outros ficam repletos de curingas, outros não têm nada que preste nas mãos. Cabe a cada jogador comprar, descartar, fazer seu jogo. Isso inclui trapaças? Não. Isso inclui perspicácia, senso de oportunidade, concentração. Engana-se quem pensa que vai vencer sempre. Não existe auge eterno, a não ser para os gênios. Como eles são meia dúzia, cabe a nós, simples mortais, reconhecer o momento certo de agir.

Algumas pessoas que estão hoje em evidência souberam seguir à risca o carpe diem. Fernando Henrique aproveitou sua boa atuação como ministro para virar presidente. Lula deu-se bem como líder sindical e investiu na carreira política. Paulo Coelho passou de letrista de rock a escritor de best-seller. Arnaldo Jabor, com a sua experiência no cinema, renovou os comentários para televisão. Marisa Orth, que está a anos-luz de ser uma Michelle Pfeiffer, aproveitou a popularidade do *Sai de Baixo* para faturar uns trocados na *Playboy*. Luma de Oliveira capitalizou sua beleza estonteante investindo numa marca própria de cosméticos. Angélica, Eliana e Xuxa aproveitam a fama que têm junto aos baixinhos para vender brinquedos. Embusteiros? Não. Rápidos no carteado.

Criticar o sucesso dos outros é mania nacional, mas diga-se em sua defesa: ninguém fará nada por eles a não ser eles mesmos, e isto também serve para nós. Não há nada de errado em querer abrir o leque de opções, jogar-se no desconhecido, experimentar. "Arrisque quando estiver vencendo, desista quando estiver perdendo", lembrou Burroughs. Só não vale blefar.

Setembro de 1997

Parto sem dor

Publiquei, em 95, um poema que começava assim: "parto do princípio/que todo parto é natural/nascer de cócoras, na água ou com fórceps/é nascimento igual...". Já tinha uma filha na época, nascida de parto normal, e estava grávida de outra menina. Pouco me importava a maneira como ela viria ao mundo, desde que chegasse bem e com saúde. Dei sorte. Foi parto normal de novo.

Parto é a glória. Algumas mulheres não concordam: tiveram partos dolorosos e demorados, dos quais não têm nenhuma saudade. Compreende-se, mas para a maioria de nós que tivemos contrações ritmadas, dores suportáveis e uma alegria imensurável, o parto é a consagração. Um momento 100% sensitivo, onde só o que conta é a natureza e o coração. Não se pensa em absolutamente nada, em compensação sente-se tudo: a dilatação do corpo, o calor, a suspensão do tempo. É quando realmente fazemos jus ao título de fêmeas.

Se uma cesariana possibilita esse mesmo estado de graça, fico devendo a resposta, mas acho difícil. Há a emoção de ver nascer um filho, lógico, mas não a emoção de ajudá-lo a nascer. Cesariana é uma cirurgia, não muito diferente da retirada de um apêndice.

É um recurso que deveria ser usado só em caso de extrema necessidade, para evitar risco de vida ou sofrimento intenso para a mãe e o bebê. Os obstetras brasileiros, campeões em cesarianas, acham que isso é romantismo.

O governo federal está lançando agora uma campanha estimulando o parto normal para ver se perdemos a liderança desse campeonato vergonhoso de partos com hora marcada. Já não era sem tempo. A jogadora de basquete Hortênsia, a quem admiro pelo talento e franqueza, pisou na bola ao dar depoimentos na tevê dizendo ter medo da dor de parto e marcando hora para seus filhos nascerem conforme orientação de um numerólogo. Tudo bem, ela tem o direito de acreditar que uma criança que nasça às 10:43 de uma segunda-feira será mais inteligente e destemida do que uma que nasça à meia-noite de um sábado, mas Hortênsia não contribuiu em nada ao divulgar essas frescuras para um povo que idolatra crendices. É confiar demais no mapa astral e pouco nos próprios genes.

Cesariana para salvar vidas, ok. Mas cesariana para ter tempo de ir ao cabeleireiro antes de baixar hospital, para aproveitar o alinhamento dos planetas ou para garantir a noite de sono do médico é um atraso. Parto normal é que é up to date. Nos Estados Unidos, França e Inglaterra nunca saiu de moda. Sabe-se que há menos chance de contrair infecções, o leite materno desce mais ligeiro e a mãe se recupera em menos tempo. E a dor? Para isso existem anestésicos. Não tiram a sensibilidade e possibilitam que as mães participem ativamente da expulsão do bebê. Medo de injeção? Então vai no osso mesmo, que a dor se dilui no êxtase. Nascer saudável é o que importa, reconheço, mas se essa grande cena puder ser liberada sem cortes, tanto melhor.

Outubro de 1997

Mulher de um homem só

Ela é como o urso panda, está quase extinta do planeta. Quando alguém a ouve dizendo "sou mulher de um homem só", corre para o celular mais próximo e chama a imprensa para documentar. Quem é, afinal, essa mulher tão rara?

A mulher de um homem só casou virgem com um escritor que detesta badalação. A última festa em que ele compareceu foi a do seu próprio casamento, a contragosto. Ele só gosta de música barroca, uísque e poesia. Não quis ter filhos. É um homem terrivelmente só que se casou apenas para que alguém cozinhasse para ele, pois odeia restaurantes.

A mulher do homem só tenta animá-lo. Convida-o para subir a serra e comer um fondue. O homem faz que não com a cabeça. A mulher convida para ir a uma feira de antiguidades. Ele dá um sorriso sarcástico. Ela convida para ir na CasaCor. Ele tem espasmos. Ela convida para um teatro. Ele pega no sono antes que ela diga o nome da peça.

O homem só gosta de ficar em casa. Não vai ao cinema, nem a parques, nem a bares. Não visita ninguém. Não votou na última eleição. Não comparece às reuniões de condomínio. Tem alergia a gente.

A mulher do homem só tentou festejar os 50 anos dele. Convidou os poucos conhecidos do marido: um irmão, o editor e a mulher deste. Comprou cerveja, colocou o CD do Paulinho da Viola e flores nos vasos. Os convidados chegaram e se foram sem ouvir a voz do homem só. Ele apenas resmungou um obrigado quando recebeu um livro do editor e disse qualquer coisa inaudível ao ganhar meias do irmão. Passou calado a noite inteira. Quando pediu licença para ir ao banheiro, não voltou mais.

A primeira vez que a mulher do homem só disse "sou mulher de um homem só" foi para um motorista de táxi, que ficou muito impressionado. Ela era jovem, bonita, mas tinha uma tristeza comovente no olhar. Era a última corrida dele e, impulsivamente, convidou-a para uma caipirinha. Ela aceitou e, pela primeira vez em muitos anos, teve uma noite animada.

A segunda vez que ela disse "sou mulher de um homem só" foi para o vizinho do sexto andar. Estavam sozinhos no elevador e ele fingiu não ouvir. Nunca haviam trocado nem um bom-dia, quanto mais uma confidência. Mas ela repetiu: "sou mulher de um homem só". Dessa vez falou de um jeito tão carente que ele se viu obrigado a tomar uma providência. O sexto andar acabou malfalado no prédio.

A mulher do homem só, então, passou a ter a agenda cheia: o professor de computação, o gerente do banco, o dono do posto de gasolina. Vivia para cima e para baixo com seus novos amigos: cinema, shopping, vernissages. Não corria o risco de encontrar o marido em nenhum desses lugares. Começou a usar decotes, maquiagem e ria alto. Nunca se sentira tão feliz. Surgia cada dia com um parceiro diferente nas festas, nas inaugurações de lojas, nos passeios pelo mercado público. Ganhou má fama. E quanto mais o povo falava, mais ela desdenhava. Niguém fazia a mínima ideia do que era ser mulher de um homem só.

Agosto de 1997

Sur-pre-sa!

Final de tarde, mormaço, trânsito. Você está literalmente em frangalhos. Trabalhou 10 horas direto, resolveu um monte de pepinos e tudo o que deseja é chegar em casa, tomar um banho, botar uma camiseta limpa e atirar-se na cama com a última *Caras*. Bendita alienação. Falta pouco agora, você já está com a chave na porta. Entrou. Acendeu a luz. Sur-pre-sa!!!

Balões caem sobre a sua cabeça. Faixas estão penduradas com durex nas paredes recém-pintadas. Alguém descobriu que você gosta de Claudinho e Buchecha e todos cantam "Sabe, tiu-iu-iu-iu, eu tô louco pra te ver, oh yes". Adeus banho, adeus cama, adeus *Caras*. Lembraram do seu aniversário. Esqueça que é uma pobre mulher cansada: você agora é uma anfitriã.

Surpresa é um acontecimento imprevisto. Você tem 16 anos, transa pela primeira vez com o primeiro namorado e nove meses depois, sur-pre-sa!! Você diz no telefone para sua tia-avó que ela pode aparecer quando quiser, e domingo de manhã, sur-pre-sa!! Seu irmão diz que está apaixonado e saca uma foto da carteira: sur-pre-sa!! Sua futura cunhada usa barba e se chama Diogo.

Surpresa é um susto. Uma taquicardia. Uma cilada. Diz o Aurélio Buarque de Holanda que não, que é apenas um prazer inesperado. Sei: aumento espontâneo de salário, Brad Pitt mudando-se para o seu prédio, um caça-talentos descobrindo você na rua e lhe transformando na mais nova sensação das passarelas de Milão. Acorda! Surpresa é uma mulher da sua idade acreditar em abracadabra.

Gosto, isso sim, de prazeres esperados, conquistados, desejados. O grande barato está em surpreender-se a si mesmo, conseguindo aquilo que tanto se batalhou para ter, seja um estado de espírito ou um apartamento novo. Coisas que caem do céu, mesmo boas, às vezes podem chegar num momento errado, podem não ser curtidas como deveriam por estar fora de lugar, fora de época: talvez você esteja ocupada demais com outras coisas para dar à surpresa o seu devido valor. Planejar a vida, ao contrário do que muitos pensam, não é uma forma de evitar emoção. É uma forma de deixar a porta aberta para que ela não precise arrombar você.

A previsibilidade é um oásis. Se um dinheiro surge de repente na minha conta, acho uma incomodação. Quero antes um extrato, um recibo de depósito, gosto de saber a origem de tudo. Se alguém quer me dar um anel de brilhantes, que não esconda embaixo do meu travesseiro ou dentro do pastel que estou comendo: coloque logo no meu dedo e diga que me ama, está ótimo assim. Se alguém quer me visitar, telefone marcando. Se quer me comprar uma saia, descubra antes em que estado estão minhas pernas. Estudem-me. Surpreendam-me acertando.

Outubro de 1997

Crônica do imediato

O tempo divide-se entre o ontem, o hoje e o amanhã. Ontem já foi, e amanhã, vá saber. Dito assim, fica fácil perceber qual das três etapas é a mais importante. O presente, lógico. O passado é importante pela bagagem que você traz de lá e o futuro só é importante no plano da abstração e da fantasia, porque ninguém o alcança: estamos todos presos neste exato momento.

Diante dessa visão simplista, passado e futuro transformam-se apenas em sinalizadores de calendário, em semântica para designar quem você foi e quem você pretende ser quando crescer. No entanto, são justamente esses dois tempos que monopolizam o planeta. O presente, coitado, não tem armas para combater duas superpotências chamadas Lembrança e Expectativa.

O passado é um álbum de fotografias onde as cenas fora de foco não entram. É a realidade revisada: recordar é esquecer a banalidade dos fatos. Um encontro amoroso, o que é? Duas pessoas que se olham, se tocam, se beijam, discutem, fumam, se beijam de novo, implicam uma com a outra, riem, fazem juras eternas, espirram. Esse encontro, 24 horas depois, será lembrado com mais boa vontade: a fumaça do cigarro, as pequenas implicâncias e os espirros sumirão da memória. Ficarão os beijos, as palavras e os olhares. Foi um encontro mais ou menos agradável, mas será lembrado como mágico. A saudade faz tudo subir de escalão.

Suas férias estão sendo boas, mas chove há três dias, a cabana que você alugou não era bem como o corretor descreveu e você está sentindo falta, não conte para ninguém, do trabalho! Mas, ao voltar para casa, a lembrança tratará de aperfeiçoar aqueles 30 dias em Camboriú e você não cansará de dizer que suas férias foram magníficas. Até mesmo dores antigas ganham novo status ao serem recordadas: dor de cotovelo vira aprendizado e aquela vontade de se atirar embaixo de um ônibus vira um profundo processo de autoconhecimento. Ter sofrido no passado é sempre didático.

O futuro é outra flor de simpatia. A expectativa veste a todos muito bem, coloca sábias palavras em nossa boca e uma fortuna em nosso bolso. A megasena acumulada que será sorteada daqui a alguns dias, a entrevista de emprego marcada para quinta, o próximo verão em Punta, não sairá tudo como planejamos? Quem dera. A realidade nunca foi páreo para a imaginação.

Fica o presente, então, encurralado entre esses dois períodos emblemáticos, o passado e o futuro, quando na verdade ele é que deveria ser a estrela da festa. O antes e o depois são apenas figuração: durante é que o desejo é real, que as pernas tremem, que o coração dispara, que o abraço ainda está quente. A vida é breve e só existe este instante. Amanhã um pintor de parede estará cobrindo o chão com esse jornal e minha crônica servirá de capacho para um tênis sujo de tinta. Tic-tac, tic-tac. O tempo não perdoa.

Novembro de 1997

Mulheres de preto

Depois do sucesso de *Men in Black*, os cinemas deveriam estrear *Women in Black*. Roteiro: a invasão de seres pouco imaginativos em festas, coquetéis e boates. Você já viu esse filme.

Podemos ter pouca imaginação, mas perder a elegância, nem mortas. Mulher alguma atreve-se a ter apenas marrom, azul e cáqui no seu guarda-roupa: é fundamental ter um pretinho básico como curinga. Um, não. Duas dúzias. Nunca se sabe quando vai ser preciso provocar uma boa impressão.

O preto é a cor desse final de século. Basta o sol se pôr para o preto libertar-se dos closets femininos: sapatos, meias-calças, vestidos, tops, blazers e jaquetas ganham as ruas, deixando a cidade com cara de Gotham City. Pode-se variar os tecidos – couro, microfibra, algodão, lã fria –, mas a cor é luto fashion. Por quê? Porque é guerra.

O preto vence todas. Vence, em primeiro lugar, a batalha contra culotes e barrigas salientes, alongando a silhueta e disfarçando a caixa de Bis que você devorou à tarde. Se não der tempo para fazer uma dieta meteórica, preto!

Vence, em segundo lugar, a luta contra a breguice. É muito mais difícil ficar cafona vestindo preto do que vestindo pink. Se você tem dúvidas quanto ao que é chique e o que não é, não arrisque. Deixe aquele blazer xadrezinho verde e amarelo para a próxima Copa.

Preto combina com cabelos loiros, ruivos e negros. Combina com peles alvas e peles bronzeadas. Combina com echarpes estampadas, botões cheios de bossa e batons e esmaltes das mais variadas cores. Combina com show de rock e recital de violoncelo, combina com festa de casamento e velório cult, combina com quem ainda não fez 15 e com quem já tem mais de 100. Só não combina com caspa.

O detalhe que estraga tudo: não somos apenas eu e você que rezamos por essa cartilha. Tirando a Rosane Collor, que é chegada num brocado e num azul celeste, o mulherio de norte a sul sai de preto para jantar, para dançar e para se arranjar. Virou uniforme, e como tal, anda causando o efeito oposto ao esperado: em vez de nos destacar, acaba nos camuflando. Uma amiga uma vez trocou acenos e sorrisos com um homem maravilhoso numa casa noturna. Descobriu o nome e o telefone dele e no outro dia, não teve dúvida, ligou. Como se identificou?

– A gente se viu ontem no Dado Bier. Eu era aquela que estava de preto.

Por essas e por outras que um vestido amarelo canário também tem o seu valor.

Novembro de 1997

Não basta amar

Por mais que o poder e o dinheiro tenham conquistado uma ótima posição no ranking das virtudes, o amor ainda lidera com folga. Tudo o que todos querem é amar. Encontrar alguém que faça bater forte o coração e que justifique loucuras. Que nos faça entrar em transe, cair de quatro, babar na gravata. Que nos faça revirar os olhos, rir à toa, cantarolar dentro de um ônibus lotado. Tem algum médico aí?

Depois que acaba essa paixão retumbante, sobra o quê? O amor. Mas não o amor mitificado, que muitos julgam ter o poder de fazer levitar. O que sobra é o amor que todos conhecemos: o sentimento que temos por mãe, pai, irmãos, filhos e amigos. É tudo o mesmo amor, só que entre amantes existe sexo. Não existem vários tipos de amor, assim como não existem três tipos de saudade, quatro de ódio, seis espécies de inveja. O amor é único, como qualquer sentimento, seja ele destinado a familiares, ao cônjuge, ou a Deus. A diferença é que, como entre marido e mulher não há laços de sangue, a sedução tem que ser ininterrupta. Por não haver nenhuma garantia de durabilidade, qualquer alteração no tom de voz nos fragiliza, e de cobrança em cobrança acabamos por sepultar uma relação que poderia ser eterna.

Casaram. Te amo para lá, te amo para cá. Lindo, mas insustentável. O sucesso de um casamento exige mais do que declarações românticas. Entre duas pessoas que resolvem dividir o mesmo teto tem que haver muito mais que amor, e às vezes nem necessita um amor tão intenso. É preciso que haja, antes de mais nada, respeito. Agressões zero. Disposição para ouvir argumentos alheios. Alguma paciência. Amor, só, não basta.

Não pode haver competição. Nem comparações. Tem que ter jogo de cintura para acatar regras que não foram previamente combinadas. Tem que haver bom humor para enfrentar imprevistos, acessos de carência, infantilidades. Tem que saber relevar. Amar, só, é pouco.

Tem que haver inteligência. Um cérebro programado para enfrentar tensões pré-menstruais, rejeições, demissões inesperadas, contas pra pagar. Tem que ter disciplina para educar filhos, dar exemplo, não gritar. Tem que ter um bom psiquiatra. Não adianta, apenas, amar.

Entre casais que se unem visando a longevidade do matrimônio tem que haver um pouco de silêncio, amigos de infância, vida própria, independência, um tempo para cada um. Tem que haver confiança. Uma certa camaradagem: às vezes fingir que não viu, fazer de conta que não escutou. É preciso entender que união não significa, necessariamente, fusão. E que amar, solamente, não basta.

Entre homens e mulheres que acham que amor é só poesia tem que haver discernimento, pé no chão, racionalidade. Tem que saber que o amor pode ser bom, pode durar para sempre, mas que sozinho não dá conta do recado. O amor é grande mas não é dois. É preciso convocar uma turma de sentimentos para amparar esse amor que carrega o ônus da onipotência. O amor até pode nos bastar, mas ele próprio não se basta.

Novembro de 1997

Madrugada é um lugar que não existe

Noite. Quem não ama essa palavra? Se você pudesse me ver agora, iria rir do meu dedo indicador apontado para cima.

Néon, paetês, consumação mínima, tudo isso me dá urticária. Não que eu seja uma eremita incorrigível. Um restaurante, um espetáculo, um cinema, adoro. Uma vez por semana, civilizadamente. E voltando antes da meia-noite, para que eu não dê o vexame que tantos amigos meus já testemunharam: depois de uma certa hora, apago onde estiver, saio do ar. É como se caísse a chave geral: fico com aquele sorriso de quem está chapado e não registro mais o que acontece a minha volta. Uma espécie de Cinderela, só que quem vira abóbora sou eu.

Vida noturna é para profissionais. Eu fiz esforços sobre-humanos na adolescência, quando as festas começavam, como hoje, muito depois das doze badaladas. Ninguém pode calcular o meu sofrimento nas noites de sábado. Fingia que achava aquilo tudo normal, mas por dentro eu não me conformava: minha ideia de diversão era bem diferente. Me sentia uma marciana vestida de lurex, os bocejos estragando a maquiagem. Quando fui informada de que nos países civilizados jantava-se entre sete e oito, e que em Londres os pubs fechavam às 11, salivei, suspirei e entendi: caí aqui por engano.

Em toda a minha vida, posso contar nos dedos as vezes em que fui deitar com o sol alto. Hoje assumo sem medo de ser deserdada pela turma: adoro o dia, acho as manhãs superprodutivas. As tardes, para mim, são excitantes como a noite é para os outros, e a minha noite é um fiasco: hora de desacelerar, tomar um vinho em casa, passar os olhos numa novela e depois ir para a cama cometer loucuras, como dormir. Madrugada? É um lugar que não existe.

Contudo, sou poeta e sou mãe, duas atividades que giram em torno da hora do espanto. Fazer versos e canções de ninar, só rimando com as estrelas. Que jeito? Com a poesia, já me entendi: minto descaradamente. Quem me lê jura que passo as noites nos bares do Bom Fim bebendo cerveja no gargalo. Mas como explicar para um bebê que mamãe precisa de oito horas de sono?

Não encontrando outra solução, adotei o sonambulismo como tática. Às 3 da manhã costumo fazer tudo o que faço acordada: esqueto leite, arrumo cobertas, trago copos d'água, mas de olhos fechados. Não acendo luzes nem tateio as paredes, sei o lugar de tudo. Se madrugada é um lugar que não existe, mamãe é uma assombração.

Aqueles que me acham antipática talvez agora me vejam com olhos mais complacentes. Minha ausência em badalações não se trata de um problema de humor, mas de relógio biológico. Nunca consegui acertar os ponteiros com a noite. O escuro não é meu aliado. Fiat lux! Agora, sim, você está me vendo.

Novembro de 1997

Provação

Fim de ano. Você tirou de circulação todos os cashmeres e blusões de gola rulê, e o que sobrou no seu guarda-roupa? Nada. Você está sem um trapo para vestir. Ano passado decretaram que a moda era verde limão e cor de laranja e você ficou completamente empenhada: tem que voltar correndo para o azul-marinho, o marfim e o preto. A solução, amiga, é esquecer o Gustavo Franco e o Pedro Malan e ir às compras.

Tem gente que acha um programão: tempo livre + saldo no banco = shopping center. Matemática elementar. Eu, nesse aspecto, remo contra a maré: odeio comprar roupa. Se pudesse, materializava tudo o que me agrada nas revistas de moda com um estalar de dedos. Não que eu não goste de roupa nova: sou mulher como você. O problema é experimentar.

Você se apaixona por um vestido na vitrine e resolve provar. Se você estiver de botas, jeans e dois pulôveres, mais um coque que levou vinte minutos para ficar pronto, esqueça. O vestido pode até parecer um Versace: não vai compensar ficar isolada numa solitária de um metro quadrado, com um banquinho minúsculo e se descabelando para conseguir fechar o zíper sozinha. O espelho sempre fica perto demais.

A luz é exagerada: ao sair de casa você não tinha essa celulite toda. A etiqueta do vestido está atrapalhando, mas você não pode tirá-la enquanto não disser as palavras mágicas que a vendedora anseia ouvir: "vou levar". Você não vai levar. Custa R$ 470. E ao recolocar suas roupas, surpresa: elas envelheceram vinte anos. Você devia estar dopada quando saiu de casa com esses muafos.

Mais trágico que isso? Tem. Experimentar biquíni. Como ninguém compra traje de banho em final da temporada, a falta de bronzeado destruirá sua autoestima: você vai parecer uma finlandesa. Uma finlandesa gorda. Você tentará se imaginar em Acapulco, em Bali, em Bombinhas, mas não surtirá efeito. A verdade é que você está seminua em uma loja lotada, cuja cortina não cobre toda a extensão do provador e ainda por cima morrendo de culpa porque não podia experimentar o biquíni sem calcinha, e você experimentou. Uma finlandesa gorda e mal-educada.

Sapato é mais fácil? Depende. Se você saiu de casa preparada para a empreitada, tudo bem, mas se foi movida pela impetuosidade e não estiver com meias limpas e unhas feitas, merece passar o resto dos seus dias descalça.

Só tem um jeito: em vez de ir às compras, faça as compras virem até você. Impossível que você não tenha uma amiga sacoleira. Acione-a! Diga por telefone tudo o que deseja e não fique em casa para esperá-la. Ela deixará a sacola e voltará no outro dia para buscar. Assim você terá a noite todinha para experimentar tudo com calma, no aconchego do seu quarto e com a cumplicidade daquele espelho amigo que lhe deixa dois quilos mais magra.

Você não tem uma amiga sacoleira? Aqui se faz, aqui se paga.

Dezembro de 1997

Quando um não quer

Volta e meia leio notícias sobre casais famosos que se separam depois de anos de relacionamento. Quando são questionados sobre quem tomou a iniciativa do desenlace, a resposta quase sempre é um primor de civilidade: comum acordo. Um dia acordaram e descobriram juntos, às 9 horas, 24 minutos e 15 segundos, que o amor havia acabado. Cada um puxa sua mala de cima do armário e ruma para uma nova vida. Um serviço limpo.

Sei. Nem um expert em água com açúcar conseguiria criar uma cena tão inverossímil. Ninguém deixa de amar o outro no mesmo instante em que deixou de ser amado. Se isso fosse possível, a palavra rejeição seria banida do vocabulário. A verdade é que sempre tem alguém que toma a iniciativa de romper, e mesmo que as coisas estejam péssimas, mesmo que não haja outra solução a não ser o divórcio, quem fala primeiro levanta mais rápido.

Comum acordo, só na hora de se aproximar. O casal se estuda, se procura, se encontra e o primeiro beijo vem com garantia de reciprocidade. Daí em diante é festa. Até que ambos, em silêncio, começam a avaliar o relacionamento. Os lábios ainda se tocam, mas os cérebros mal se cumprimentam. Cada um analisa o que está acontecendo sob um prisma absolutamente particular, até que um deles solta o verbo e se despede. Sobra aquele que ficou quieto.

Não existe separação sincronizada, e essa talvez seja a grande dor do adeus. Quem é dispensado carrega a mágoa de não ter sido consultado, de não ter tido a delicadeza de um aviso prévio, e pior, de ver-se frente a frente com um destino que lhe foi imposto. Mesmo não havendo mais amor, o orgulho fica sempre machucado.

Fim de caso é dor dividida: os dois lados sofrem com a saudade e a frustração. Mas o dono das rédeas, o que teve a coragem de deter a carruagem no meio do caminho, esse tem sua dor diluída na força que lhe foi conferida pela decisão. A combinação é cada um ir para o seu lado, mas apenas um consegue partir. O outro fica ali, parado, procurando entender a imensa distância que as palavras podem provocar.

Solução? Faro fino e rapidez. O cara diz: preciso falar com você, e você responde: sem problema, pode ficar com as crianças nas quartas e sábados. Ele diz: tenho o maior carinho por você, mas... e você emenda: eu entendo, eu também me apaixonei por outra pessoa. Isso é que é diálogo de primeiro mundo, não aquele duelo de gaguejos, acusações e histerismo. Já sabe: se hoje à noite ele vier com um papo tipo: olha, eu queria... nem deixe o safado continuar. Encerre você o assunto: pode ficar com os discos do Piazolla, mas o micro-ondas é meu. Prevenção nunca é demais. Talvez ele queira apenas convidá-la para jantar, mas vá saber.

Janeiro de 1998

Viajar para dentro

Os brasileiros estão viajando mais. Não só para Miami, Cancún e Nova York, mas também para o Nordeste, Pantanal e Rio de Janeiro. Pouco importa o destino: a verdade é que os pacotes turísticos e as passagens mais baratas estão tirando as pessoas de casa. Muita gente lucra com isso, como os donos de hotéis, restaurantes, locadoras de automóveis e comércio em geral. Alguém perde? Talvez os psicanalistas. Poucas coisas são tão terapêuticas como sair do casulo. Enquanto os ônibus, trens e aviões continuarem lotados, os divãs correm o risco de ficar às moscas.

Viajar não é sinônimo de férias, somente. Não basta encher o carro com guarda-sol, cadeirinhas, isopores e travesseiros e rumar em direção a uma praia suja e superlotada. Isso não é viajar, é veranear. Viajar é outra coisa. Viajar é transportar-se sem muita bagagem para melhor receber o que as andanças têm a oferecer. Viajar é despir-se de si mesmo, dos hábitos cotidianos, das reações previsíveis, da rotina imutável, e renascer virgem e curioso, aberto ao que lhe vai ser ensinado. Viajar é tornar-se um desconhecido e aproveitar as vantagens do anonimato. Viajar é olhar para dentro e desmascarar-se.

Pode acontecer em Paris ou em Trancoso, em Tóquio ou Rio Pardo. São férias, sim, mas não só do trabalho: são férias de você. Um museu, um mergulho, um rosto novo, um sabor diferente, uma caminhada solitária, tudo vira escola. Desacompanhado, ou com um amigo, uma namorada, aprende-se a valorizar a solidão. Em excursão, não. Turmas se protegem, não desfazem vínculos, e viajar requer liberdade para arriscar.

Viajando você come bacon no café da manhã, usa gravata para jantar, passeia na chuva, vai ao super de bicicleta, faz confidências a quem nunca viu antes. Viajando você dorme na grama, usa banheiro público, come carne de cobra, anda em lombo de burro, costura os próprios botões. Viajando você erra na pronúncia, usa colar de conchas, troca horários, dirige do lado direito do carro. Viajando você é reinventado.

É impactante ver a Torre Eiffel de pertinho, os prédios de Manhattan, o lago Como, o Pelourinho. Mas ver não é só o que interessa numa viagem. Sair de casa é a oportunidade de sermos estrangeiros e independentes, e essa é a chave para aniquilar tabus. A maioria de nossos medos são herdados. Viajando é que descobrimos nossa coragem e atrevimento, nosso instinto de sobrevivência e conhecimento. Viajar minimiza preconceitos. Viajantes não têm endereço, partido político ou classe social. São aventureiros em tempo integral.

Viaja-se mais no Brasil, dizem as reportagens. Espero que sim. Mas que cada turista saiba espiar também as próprias reações diante do novo, do inesperado, de tudo o que não estava programado. O que a gente é, de verdade, nunca é revelado nas fotos.

Janeiro de 1998

Apelidos: dupla identidade

Os apelidos são uma maneira poderosa de botar as pessoas nos seus devidos lugares. Essa frase é da escritora Doris Lessing, e chamou minha atenção porque diz justamente o contrário do que eu sempre pensei de apelidos. Sempre achei que fossem um carinho, um atalho para a intimidade, ou ao menos um meio mais rápido de chamar alguém: em vez de João Carlos, Joca; em vez de Maria Aparecida, Cida; em vez de Adalberto, Beto. Nenhuma má intenção.

O que Doris Lessing quis lembrar é que apelidos nem sempre são afetuosos. A maioria dos apelidos nascem na infância e são dados por outras crianças que, como todos sabem, de anjo só têm a cara. Crianças adoram pegar no pé das outras, e é aí que começa o batismo de fogo.

Uma banana-split todo dia na hora do recreio. Gordo. Vai ser Gordo o resto da vida, mesmo que venha a ser jóquei, faquir, homem elástico: vai morrer Gordo.

Se for loiro, é Xuxa. Se a voz for engraçada, é Fanho. Se não for filho único, é Mano, Mana, Maninha. Irmãos de quem, eu conheço?

Fui colega de um cara bárbaro que se chamava Antônio, mas se alguém o chamasse assim, ele nem levantava os olhos. É o Verde. Uma mãe e um pai colocam um nome lindo no filho e não pega.

FHC, PC, ACM, agora é mania: transformar pessoas em siglas. Sorvetão era o apelido de uma paquita chamada Andrea: Sorvetão! E Caetano Veloso inovou mais uma vez, registrando seus filhos como Zeca e Tom, que jamais serão apelidados.

Muita gente, secretamente, detesta a própria alcunha, mas são obrigados a resignar-se, sob o risco de perder a identidade. Qual é o nome do Bussunda, do Tiririca, do Chitãozinho e Xororó? Anônimos Cláudios, Ricardos e Fernandos. Nomes que só existem em cartório.

Apelido gruda, cola, vira marca registrada. Tem negro que é Alemão, tem grandão que é Fininho, tem careca que é Cabeleira, tem ateu que é Cristo, tem moreno que é Ruivo, tem albino que é Tição. Apelido não tem lógica. Tem história.

Doris Lessing, quando criança, tinha um apelido para sua segunda personalidade: chamava a si mesma de Tigger. Doris era um nome para consumo externo, para denominar a menina boazinha que aparentava ser. Tigger era o que ela era em segredo: sarcástica, atrevida, extrovertida. Com esse depoimento, Doris Lessing mostrou a verdadeira utilidade dos apelidos, em vez daquela coisa antipática de "colocar as pessoas em seus devidos lugares". O bom do apelido é que ele nos dá permissão para sermos vários: Afonso Henrique combina com gravata, mas Ique tem mais a ver com bermuda. Está aí uma maneira sutil de legalizar o nosso outro eu, o que ficou sem registro.

Fevereiro de 1998

Sexo e verdade

Arnaldo Jabor falou no *Jornal Nacional*, e depois repetiu no *Manhattan Connection*, que o sexo pode ser mais desestabilizador do que uma crise econômica. Não foram essas as palavras, mas resumo: a queda da bolsa na Coreia atinge menos os Estados Unidos do que as aventuras sexuais de Bill Clinton.

O caso Clinton x Monica Lewinsky tem pouco a ver com fidelidade. Os americanos até engolem aventuras extraconjugais, mas não aceitam que o presidente minta para eles. Como se fosse possível o presidente falar em cadeia nacional pra toda a nação: "Gente, eu traí a primeira-dama, fiz tudo o que essas peruas andam dizendo. Confesso porque sou um bom garoto. Agora, deixem-me governar em paz".

É ingênuo achar que o presidente de uma superpotência vá revelar suas fraquezas, magoando esposa e filha em nome da verdade. Quando o assunto é sexo, presidentes mentem, motoristas de táxi mentem, a humanidade mente. É um assunto íntimo demais para ser discutido em praça pública. Bill Clinton está acertando como presidente, e é o que importa. Se está errando como marido, cabe a Hillary chamá-lo a depor, não a mídia.

Estamos tão acostumados a ver estrelas de tevê dando detalhes de suas aventuras eróticas que acabamos achando que o resto da população deve imitá-los. Não mesmo. Sexo é assunto privado, seja oficial ou paralelo, hetero ou homo, a dois ou grupal: se não for crime, diz respeito apenas aos diretamente envolvidos. Já se um ministro rouba, é de nós que está roubando. Se uma garota bebe antes de dirigir, é nossa vida que está correndo risco. Mas o que acontece entre quatro paredes, sem dano aos outros nem a si próprio, não é da nossa conta. Alerta: a palavra privacidade está sendo riscada do mapa. Estamos condenados à transparência e a chamar essa superexposição de honestidade. Reivindicamos um mundo sem segredos, perfeito. Seria mais perfeito se não fôssemos tão hipócritas.

Juscelino Kubitscheck, soube-se depois de sua morte, teve uma amante. O que isso mudou nos livros de história? Nem uma linha. John Kennedy deu mil e uma utilidades à mesa do Salão Oval da Casa Branca e segue sendo um ícone. A princesa Diana foi infiel e só falta ser canonizada. Já Fernando Collor, ao que se sabe, é fidelíssimo a Rosane. Nunca flagraram algo que desabonasse sua vida conjugal, e seu caráter, no entanto, é a joia que todos conhecem.

Sei que é um pensamento complicado, mas infidelidade e falta de caráter nem sempre caminham juntos. A infidelidade não é um ato contra alguém, não é uma decisão que se toma para prejudicar outra pessoa, a não ser nos casos mesquinhos de vingança. Não é, também, um sacramento, uma atitude digna, que mereça aplauso. Infidelidade é sexo, e isso não é fácil de julgar. Pode acontecer por amor, por curiosidade, por solidão, por atração, e ninguém está livre desse pecado, seja uma dona de casa ou um presidente da República.

Clinton meteu-se em maus lençóis. O moralismo da América, aliado à sede de poder dos republicanos, vai balançar seu mandato. Tudo por causa de um tabu, de uma indiscrição, de uma verdade que também sabe enganar quando lhe é conveniente.

Fevereiro de 1998

Festim diabólico

Não frequento bares nem casas noturnas. O som bate-estaca me neurotiza. Se você me vir às três da manhã circulando pela cidade, não buzine que é sonambulismo. O máximo que me atrevo a fazer fora de casa, antes da meia-noite, é ir num restaurante, num teatro, num café. Coisa rápida, indolor. Não conheço o Opinião, o Elo Perdido, o Dr. Jekyll, o Santa Mônica, o Lei Seca, o Notredame. Ajudem-me a voltar para o meu planeta.

Só gosto de festas ocasionais, alusivas a alguma data e de preferência que não caiam no sábado. Open house, jantares para pequenos grupos, festas de casamento, aniversários, lançamentos de livros, reveillon. Festas onde não é preciso fazer fila para entrar. Festas em que você escuta o que as pessoas estão falando. Festas em que você não sua. E, principalmente, festas que não precisam de mapa para chegar.

Festa em sítio, para mim, soa como cativeiro. Minhas mãos começam a tremer diante daqueles convites aparentemente ingênuos para um churrasquinho no domingo. Local: Estrada da Mata Fechada, sem número. Vide verso. Você vide e encontra um emaranhado de riscos e flechas indicando estradinhas vicinais, pontes pênseis, terra batida, valões, quebra-molas e instruções que arrepiariam até um veterano do Paris-Dakar: "Saindo do km 56 da freeway, pegue a estrada que leva para Glorinha. Na terceira figueira entre à esquerda e siga 7 km até encontrar o Armazém do Vado. Circunde o armazém e dobre à direita na bifurcação. Siga mais 11 km até encontrar uma cerquinha branca, vire à direita de novo e dirija mais 9 km até o açude. Aí é só cruzar a porteira, deixar o carro ao lado do galpão e seguir à pé os 2 km que faltam, de preferência sem fazer barulho para não acordar as cascavéis".

Diversão, para mim, tem um significado menos bucólico. É sair de casa com a garantia de, no caso de um contratempo, poder chamar um táxi. É ir a um lugar onde haja ar-condicionado, champanhe gelado e banheiros limpos. É encontrar um manobrista na porta, dois ou três amigos que assegurem boas risadas e um garçom que vá com a sua cara. É dançar, sair à francesa e chegar em casa a tempo de ver a última entrevista do Jô. E, na manhã seguinte, mandar flores para os anfitriões, agradecendo o fato de você ter sobrevivido sem cortes e arranhões.

Fevereiro de 1998

A avalanche foi sem querer

Fiquei sensibilizada com o destino trágico dos três alpinistas brasileiros que não conseguiram chegar ao cume do Aconcágua. Muita coisa mexe conosco quando testemunhamos uma fatalidade dessas. O fato de um deles, Othon Leonardos, ter mantido contato até o fim, mandando mensagens de despedida para os parentes e pedindo que tomassem um vinho por ele, nos deixa ainda mais comovidos. Nós, com nossos problemas domésticos, nossas dores na coluna, nossas reuniões de trabalho, nossa pressa e nossas queixas, ficamos pequenos diante de um rapaz de 23 anos pendurado por uma corda a 6.000 metros de altitude e a 20 graus abaixo de zero, resignado com o destino: "Diz pro pai que a avalanche foi sem querer".

Talvez não seja piedade o que sentimos por eles, mas inveja. Esses caras tinham uma paixão – escalar montanhas – e por ela dedicaram a vida. Não faziam isso por dinheiro, status ou benemerência: mesmo que chegassem ao topo, não iriam ser convidados para uma temporada na ilha de *Caras*. Já tinham realizado proezas sensacionais e ninguém os conhecia. Mesmo Mozart Catão, citado três vezes pelo Guiness, era um ilustre anônimo nacional. O lance deles era outro.

Viraram heróis porque levaram sua liberdade às últimas consequências, fazendo o que amavam e assumindo os riscos de viver além das convenções. A aventura deles era mais emocionante que a nossa. Nossa aventura é atravessar a avenida Carlos Gomes sem ser atropelada, fazer um rancho sem estourar o orçamento, chegar à noite em casa sem ser assaltada, atravessar uma enchente sem ser engolida pelas águas, enfrentar filas de banco, conseguir leito num hospital. Nossas avalanches diárias têm motivo: descaso, relaxamento, falta de infraestrutura, contingências sociais. Nossa loucura não é romântica e nosso estresse não acontece num cenário de Walt Disney. Nossos desafios são tão difíceis quanto os deles, mas escolhemos escalar picos urbanos. Não tem a mesma graça.

Cada um escolhe o topo a que quer chegar. Nossas metas também são altas, e quando as alcançamos, inventamos outras, como uma maneira de não morrer em vida. Nosso Aconcágua pode ser editar um livro, ter um filho, virar dono do próprio negócio, aprender a tocar violino, comprar uma casa. Nossa escalada também exige preparo físico e psicológico. A diferença entre nós e esses alpinistas é que, quando ficamos sem condições para seguir adiante, a primeira coisa que pensamos é que a avalanche é culpa dos outros. Fica a lição de Othon Leonardos, que não perdeu o humor e reconheceu a imobilidade como parte da aventura.

Fevereiro de 1998

Trancados por fora

"É só numa casa que nos sentimos verdadeiramente sós. No jardim há no mínimo pássaros e gatos, nunca estamos sós num jardim. Dentro de casa estamos tão sozinhos que às vezes nos perdemos de nós mesmos."

Assim começa o prólogo escrito por Marguerite Duras para um livro maravilhoso chamado *Writers' Houses*, que acredito não ter sido lançado no Brasil. O livro mostra fotos inéditas das casas onde viveram e trabalharam os escritores Jean Cocteau, William Faulkner, Ernest Hemingway, Knut Hamsun, Marguerite Yourcenar, Hermann Hesse e muitos outros, e depoimentos sobre a influência que o lugar exerceu sobre a obra do autor.

A casa de um escritor é mais que um lar: é seu escritório, seu esconderijo, seu bunker. É onde ele organiza suas memórias, acalma seus medos, estimula suas ideias e cria a solidão necessária para escrever. A casa de Jorge Amado, na Bahia, poderia ser a casa de Gabriela, de Tieta ou de qualquer um de seus personagens. Cruzar sua porta é invadir os cenários criados pelo autor: não há fronteira entre o real e o imaginário. O mesmo se pode dizer do apartamento de Fernanda Young, a mais nova revelação da literatura urbana paulista. Sua casa, recentemente fotografada para uma revista de decoração, é a cara da dona: moderna, divertida, cheia de signos.

Mesmo quando a casa de um autor não está intimamente ligada às histórias que ele inventa, ainda assim é um espaço que costuma despertar certa reverência, como se aquela escrivaninha no canto da sala fosse uma espécie de altar, e não apenas um móvel como outro qualquer.

A escritora inglesa Virginia Woolf, que também está no *Writers' Houses*, publicou em 1929 um ensaio onde defendia a tese de que tudo o que uma mulher necessita para iniciar uma carreira literária é independência financeira e um teto todo seu. Um lugar com poltronas aconchegantes, tapetes agradáveis, que confiram dignidade à sua intimidade. Um lugar para onde levar as discussões, a raiva e o riso acumulado durante o dia. Um lugar para armazenar-se.

Veio-me tudo isso à cabeça, depois que assisti à tragédia do Palace 2, no Rio. Não havia escritores morando no prédio, mas todas aquelas pessoas armazenavam o ingrediente com que se faz literatura: enxovais, cartas de amor, berços, gravuras, poltronas aconchegantes e tapetes agradáveis. De repente, todos aqueles moradores se viram trancados pelo lado de fora, sem poder voltar para a história que haviam inventado. São histórias inéditas, mas não menos importantes do que as que são publicadas. De certo modo, todos nós escrevemos dentro de casa nossa própria biografia, todos nós fazemos poesia entre quatro paredes, e também novelas, romances, ensaios. Essa gente que perdeu o próprio teto vai ter que refugiar-se em tetos vizinhos, tetos de parentes, de amigos, de hotéis. Perderam com isso a bênção da privacidade, matéria-prima para qualquer história de vida.

Março de 1998

Homens x mulheres:
empate técnico

O primeiro episódio da *Comédia da Vida Privada* contava a história de três casais, um deles formado pela atriz Fernanda Torres e pelo ator Marco Nanini. Numa das cenas, ela está na cozinha e ele na sala lendo o jornal, até que ela se aproxima com um vidro de conserva nas mãos e pede para ele abrir. O marido tenta, faz força, mas não consegue e devolve o vidro fechado à mulher. Ela tem um treco. Implora para ele tentar outra vez. Ele tenta e nada. Ela fica descontrolada. Diz que se ele não conseguir abrir o vidro será o fim do casamento deles. O marido não entende o que uma coisa tem a ver com a outra. Por quê?

– Porque essa é a única coisa que você faz nessa casa que eu não faço melhor sozinha!

Essa agora: nossos queridões correndo o risco de serem descartáveis. A revista *Veja* de duas semanas atrás estampou um alerta na sua capa: "Os homens que se cuidem". A reportagem mostrou que a cada dia aumenta o número de mulheres assumindo postos de alto comando nas empresas, anteriormente cadeiras cativas masculinas. Levanta-se uma suspeita: assim como fomos secretárias e telefonistas durante décadas, quando nosso par de pernas valia mais do que o nosso currículo, talvez daqui a algum tempo sobrem para os homens apenas os cargos de mestres de obras e leões de chácara, onde os músculos importam mais do que o cérebro. Será?

Não aposto um níquel nisso. Enquanto a mulher não desistir de ter filhos, os homens estão garantidos. Ninguém pode, como eles, dedicar-se integralmente ao trabalho sem precisar pensar no cardápio para o almoço. Só mesmo um homem para enfrentar uma reunião de três horas sem olhar uma única vez para o relógio, ao contrário das mulheres, que controlam os minutos para buscar a caçula no colégio e levá-la ao pediatra. Um empresário não se preocupa se a temperatura cai bruscamente no meio da tarde. Uma empresária se preocupa e muito, porque deixou os dois filhos no clube vestidos como se estivessem em Fortaleza. Os homens podem ser instrutores de paraquedismo 365 dias por ano. As mulheres também, caso não estejam no oitavo mês de gestação. Os homens passam em casa à tardinha para fazer a mala e avisar que vão passar três dias em São Paulo, a negócios. Dão um beijo em cada filho e adeuzinho. As mulheres também passam três dias em São Paulo a negócios, mas antes de fazer a malinha precisam convocar uma avó para assumir o plantão, ir ao supermercado reforçar a despensa, ver se os uniformes das crianças foram passados e devolver as fitas de vídeo na locadora. Feito isso, aí sim, lá vão elas para o aeroporto assumir seus papéis de executivas, não sem antes checarem pelo celular se as crianças escovaram bem os dentes.

Nessa guerra dos sexos, onde a igualdade é visível e palpável, o laço que prende a mulher à vida doméstica passou a ser a vantagem do homem. Melhor nem pensar sobre que espécie de concorrente nos transformaríamos se pudéssemos, como eles, sair de casa pela manhã sem olhar para trás. A maternidade e a administração do lar, que ainda não foram divididas irmamente, nos enriquecem como fêmeas, mas nos deixam com dois corações no mercado de trabalho. Se um dia a tampa desse pote afrouxar, aí sim, rapazes, comecem a rezar.

Março de 1998

Rir com o cérebro

Abra uma revista feminina e estarão lá todas as dicas para a felicidade eterna: como fazer um casamento durar, como relacionar-se bem com seu chefe, como manter uma amizade, etc, etc. Quem leu uma reportagem leu todas: elas são unânimes em dizer que é fácil descomplicar a vida. Será? Existe, sim, uma maneira de dar alívio imediato para as agruras da nossa sacrossanta rotina. Anote aí a palavra mágica: humor.

Nada de novo no front. A maioria das pessoas sabe que o humor é o melhor paliativo para o caos emocional em que vivemos. Só que não funciona para todos: um grande contador de piadas não é, necessariamente, feliz. Humor nada tem a ver com palhaçada. Não é preciso mostrar todos os dentes. Humor é uma maneira de enxergar o mundo. É o olhar irônico, crítico e, por vezes, benevolente de quem sabe que nada deve ser levado demasiadamente a sério.

Quantas vezes você viu Woody Allen gargalhar? E Paulo Francis, Millôr, Verissimo? Ri melhor quem ri com o cérebro. Muita gente se queixou dos comentários de Arnaldo Jabor na entrega do Oscar. A troco? Por que ele deveria reverenciar um glamour que acha careta, por que deveria calar diante da magnificência da festa? Billy Cristal zombou de tudo e de todos, mas dentro do script. Jabor fez apenas o papel de Jabor: ácido, independente e do contra. O mau humor também pode ser engraçado, e vale lembrar que todo humor é transgressor.

O estresse não compensa. Você gastou uma fortuna num vestido e, quando vai estreá-lo, dá de cara com um par de vaso. Seu marido disse que ia chegar às oito, mas chegou às dez. Sua mãe disse que iria buscar os ingressos do teatro, mas esqueceu. O hóspede que iria ficar só dois dias já está dando ordens para a empregada. Você é entrevistado por alguém que lhe chama o tempo inteiro de Fernanda, e você é Sílvia desde criancinha. O cachorro da sua amiga apaixonou-se perdidamente por sua perna. O pão acabou justo na hora do café. Sua meia-calça desfiou. Seu voo atrasou. Seu cheque voltou. Ou você passa a ter mania de perseguição ou releva. Depende você sabe do quê.

Se você ainda não está totalmente convencida, pense em como faz falta o humor na vida de Itamar Franco e como sobra na de Rubinho Barrichello. Repare como aqueles que relativizam as derrotas têm menos rugas. Pense que, enquanto você controla horário de marido, arruma briga com o zelador e excomunga meio mundo porque sua unha quebrou, tem gente cuja filha foi metralhada na porta do colégio ou cujo pai dorme na rua em busca de uma senha para conseguir atendimento médico. Assovie.

O que as revistas femininas deveriam receitar é: não acredite em tudo o que ouve. Nem em tudo o que diz. Suspenda a descrença quando quiser prazer. Não subestime os outros, nem os idolatre demais. Seja educada, mas não certinha. Faça coisas que nunca imaginou antes. Não minta, nem conte toda a verdade. Dance sozinha quando ninguém estiver olhando. Divirta-se enquanto seu lobo não vem.

Abril de 1998

Prova de amizade

A amizade feminina sempre gerou controvérsias. Tem gente que acha que mulher é mais fiel do que o homem em tudo, inclusive em relação às amigas. E há os que acreditam que não existe amizade feminina, que elas são o que pode-se chamar de inimigas íntimas. É uma discussão antiga que até hoje permanece inconclusa. Somos amigas ou concorrentes? Qual é a maior prova de amizade que uma amiga pode dar? Muitas respondem: não esconder nada, nem mesmo se vir o marido da amiga com outra. Tem que contar.

Mas eu não conto. Nunca testemunhei um adultério, mas se vir, não conto. E é por deixar clara essa minha posição que muitas amigas me olham enviesado, questionando minha amizade. Sorry, gurias, não conto.

Você está num restaurante badalado e encontra o marido da sua melhor amiga num papo animado com uma morena decotada até o umbigo. Não conto. Se ele escolheu um local tão frequentado, não deve ter nada a esconder, é uma cliente, uma cunhada, a irmã dele que mora em Minas. Mas e se ele escolheu este restaurante justamente para não levantar suspeitas? Sou péssima em charadas. Não conto e fim.

Você para num boteco de estrada para dar um telefonema quando dá de cara com o namorado da sua amiga no maior amasso com a garçonete. Não conto. E se ele terminou com sua amiga ontem à noite e você não ficou sabendo? E se essa for a verdadeira esposa dele e sua amiga é que é a outra? E se for um irmão gêmeo? Não conto.

Você está parada no sinal quando vê o carro do marido da sua melhor amiga saindo de um motel. Você conhece a marca, você sabe a placa, o carro é dele. Nem um pio. E se ele tiver emprestado o carro? E se tiverem roubado? E se ele estiver com a própria? Ou com um homem? Não sou louca de meter a mão nessa cumbuca.

Você está numa festa quando lhe apresentam Bia, 13 anos, fruto de um caso extraconjugal do marido da sua prima, que no altar jurou odiar crianças e a fez aposentar a ideia de ser mãe. É um cretino, mas não conto. E se sua prima sabe de tudo e não quer comentários? E se for calúnia? Fizeram teste de DNA? Então não conto.

Seu marido chega alegrinho do bar e dá o serviço: conta todas as sacanagens que o melhor amigo dele apronta, cuja vítima é sua grande amiga de infância. Você trai a confiança do seu marido e conta tudo pra ela? Não conto. E se o cara estava blefando e o seu marido, alcoolizado, não percebeu? E se foram só casos passageiros e ele for apaixonado de verdade por sua amiga? E se ela também não for santa? Boquinha fechada.

Qual o castigo que eu mereço? Também não me contem nada.

Abril de 1998

Casamento na igreja

Tem gente que acha careta, tem gente que acha um luxo. A verdade é que ninguém é indiferente a uma cerimônia de casamento realizada na igreja, com direito a tapete vermelho, marcha nupcial, véu e grinalda. A maioria das garotas sonha com esse momento, o de ser entregue ao noivo pelas mãos do pai e de vestido branco, mesmo que essa simbologia tenha perdido o significado. Os futuros cônjuges podem estar dividindo o mesmo teto há meses e até ter um filhinho, quem se importa? A verdade é que casamento na igreja é um rito de passagem, um momento de bênção e de satisfação à família, aos amigos e à sociedade. O amor pode prescindir desse ritual todo, mas um pouco de mise-en-scène não faz mal a ninguém.

Já que o casal optou pelo sacramento do matrimônio e quer fazê-lo diante de Deus, o mais seguro é não inovar. Nada de entrar na igreja sob os acordes da trilha sonora do *Titanic*, casar de roxo e decorar a igreja com cactus. Você não está numa passarela do Dolce & Gabbanna, está na capelinha da sua paróquia: Mendelssohn, velas, lírios e uma boa Ave-Maria na saída, quer coisa mais chique e inatacável?

Se eu tivesse casado na igreja seria a mais convencional das noivas. Só uma coisa eu tentaria mudar, ainda que recebesse um sonoro não: o sermão do padre. "Promete ser fiel na alegria e na tristeza, na saúde e na doença, amando-lhe e respeitando-lhe até que a morte os separe?" Bonito, mas dramático demais. Os noivos saem da igreja com uma argola de ouro no dedo e uma bola de chumbo nos pés. Seria mais alegre e romântico um discurso assim:

Ela: "Prometo nunca sair da cama sem antes dar bom-dia, deixar você ver seu futebol na tevê sem reclamar, ter paciência para ouvir você falar dos problemas do escritório, ter arroz e feijão todo dia no cardápio, acompanhar você nas caminhadas matinais de sábado, deixá-lo em silêncio quando estiver de mau humor, dançar só pra você, fazer massagens quando você estiver cansado, rir das suas piadas, apoiá-lo nas suas decisões e tirar o batom antes de ser beijada".

Ele: "Prometo deixar você sentar na janelinha do avião, emprestar aquele blusão que você adora, não reclamar quando você ficar 40 minutos no telefone com uma amiga, provar suas receitas tailandesas, abrir um champanhe todo final de tarde de domingo, assistir junto ao capítulo final da novela, ouvir seus argumentos, respeitar sua sensibilidade, não ter vergonha de chorar na sua frente, dividir vitórias e derrotas e passar todos os Natais ao seu lado".

Sim, sim, sim!!!

Maio de 1998

Herança de papel

Existe alguma herança a sua espera? Os mais afortunados responderão: evidente! Apartamentos, terrenos, dólares, joias. Louvados sejam. Mas se você não faz parte dessa turma, saiba que existe um tipo de herança que fatalmente cairá em suas mãos: papéis. Infelizmente, nada de ações ou escrituras. Papelada comum: bilhetes, versos em guardanapos, desenhos infantis, fotos antigas. Tudo o que foi guardado pela geração que lhe precedeu.

Todos nós acumulamos papéis, e alguns de nós, mais do que isso. Há quem guarde a primeira rolha de vinho tomado a dois. Frascos de perfume vazios. Medalhas de honra ao mérito conquistadas no colégio. Boletins escolares, santinhos de primeira comunhão, fios de cabelo, embalagens de bombons, folhas de árvores, autógrafos. Objetos que, para terceiros, nada representam, mas que contam histórias de vida e trazem à tona lembranças que, se dependessem única e exclusivamente da memória, cairiam no esquecimento.

Até aí, ninguém precisa de camisa de força. Mas têm aqueles colecionadores preciosistas, que não se inibem diante do estado deteriorado de suas recordações. São os que guardam unhas de antigos namorados, chicletes usados, baganas de cigarro e até mesmo o umbiguinho do nenê. Românticos? Acho meio nojento.

Há os vidrados em objetos históricos. Um pedaço do muro de Berlim. Água benta trazida do Vaticano. Uma corda da guitarra usada no primeiro show do Barão Vermelho. A lente de contato de um primo em terceiro grau da princesa Diana. Areia usada para construir o Palace 2. Um dia, acreditam, irá tudo a leilão.

O que dizem os especialistas da alma humana sobre esse culto ao passado? Não faço ideia, mas arrisco uma psicologia de almanaque: a dificuldade em se desfazer de coisas antigas talvez seja proporcional à dificuldade em olhar para frente, descobrir novos interesses, evitar se repetir. Existem pessoas que não conseguem sequer doar roupas que não servem mais, achando que vão usá-las um dia, nem que seja num baile à fantasia. Conservam o passado com amor e naftalina.

Depois que morrermos, tudo o que tiver valor afetivo para nós se transformará em bisbilhotice para quem limpar nossos baús. Tudo o que nos fez chorar irá para o lixo seco. Lembranças não se herdam, vão para o túmulo com a gente. Mas poucos têm coragem de fazer a faxina antes de ir embora, até porque ninguém sai da vida com hora marcada. Sendo assim, impossível não deixar um legado de emoções materializadas. De minha parte, mesmo ciente de que o que interessa é o aqui e agora, não consigo rasgar cartas nem fotos. Guardo para minhas filhas saberem mais sobre mim, porque nem sempre nossas palavras contam tudo. Guardo também três diários, certidões e algumas notas fiscais. E só. Não tenho tanta história assim, nem nostalgia de nada, e muito menos espaço nos armários.

Maio de 1998

Choque térmico

Uma pessoa fica duas horas jogando frescobol na beira da praia sob um sol africano: 38 graus. Terminada a partida, joga as raquetes para o alto e corre para um mar de temperatura siberiana, bem ao gosto dos pinguins. Resultado: choque térmico.

Você não precisa fazer a experiência: quem já teve um grande amor e perdeu de um dia para o outro sabe como é. Você passa meses, talvez anos ao lado de alguém que aquece suas noites, que a faz queimar, derreter. Não é um forno de micro-ondas, é seu namorado, que não precisa apertar botão nenhum para fazê-la arder, basta tocar no seu braço e temos um incêndio no quarteirão. Tudo é quente entre vocês: os olhares, os beijos e o resto, principalmente o resto. Vocês são pólvora, querosene, gasolina. Altamente inflamáveis. Imagine anos e anos nesse fogaréu, até que um dia ele telefona e diz que conheceu outra pessoa, que continua a gostar de você, mas como amiga.

Choque térmico. Você, que vivia de camiseta regata e minissaia, passa a usar blusa de gola rulê, casacão e luvas, e mesmo assim não para de tremer. Foi-se o calor. Você nunca o viu tão frio. Ele cruza com você numa festa e a cumprimenta com ar de quem já lhe viu em algum lugar, mas não lembra onde. Você liga para a casa dele e a ex-sogrinha querida diz que está sozinha em casa. Ao fundo você escuta Aerosmith a todo volume. Ou sua sogra está resgatando a adolescência perdida ou o cretino mandou dizer que não está. Você o espera na saída do trabalho. Você impõe sua presença. Você toca distraidamente no seu braço para ver se aciona a chama, mas entre ele e uma pedra de gelo, você colocaria ele num copo de uísque. Você ameaça se matar, marca hora e local, e fica sabendo que ele reagiu bem: disse que mandaria rezar uma missa. Abominável homem das neves.

Choque térmico. Você perde o seu amor, e com ele as labaredas, as faíscas, a transpiração que a fazia tomar três banhos por dia. Agora resta a solidão, o frigorífico, as águas do Pacífico. Você se sente nua em pleno Alaska. Você planeja fazer cinco horas de aeróbica e depois se atirar num lago congelado, um suícídio mais que simbólico. Mas eis que surge um salva-vidas de um metro e noventa e a cara do Pedro Bial. Ele convida para um vinho. Oferece um cobertor. Bota lenha na fogueira. Choque térmico à vista, outra vez. Olhe pra você, já começou a suar.

Maio de 1998

Cordão umbilical

As mães não são mais as mesmas. Foi-se a época em que dedicavam 100% do seu tempo e do seu pensamento às crianças: hoje preocupam-se com seu trabalho, com sua aparência, com sua vida afetiva, e também com os filhos. O amor é o mesmo, mas aliviou-se o grude. Tempos modernos.

Antes todo mundo ficava embaixo do mesmo teto, ou da mesma árvore no quintal. Ninguém saía da quadra onde morava, e os olhos maternos funcionavam como pardais eletrônicos. Nada escapava.

Hoje escapam todos. As mães saem para um lado e os filhos para outro. Elas vão para o escritório, o shopping, o ateliê, o restaurante. Eles vão para aulas de natação, colégio, casas de amigos, cinemas. Mães e filhos mal se veem, mesmo morando juntos. No entanto, uma coisa os manterá eternamente ligados, substituindo o cordão umbilical: o telefone.

A Embratel tem muito a agradecer às mães, pois elas praticamente sustentam o serviço. Mães ligam todos os dias para seus filhos, incluindo finais de semana e feriados. Não há um único dia em que elas não tenham algo para nos lembrar.

Filho, não esqueça de buscar o laptop na casa do seu irmão. Filha, não esqueça de ligar para tia Antônia para agradecer o presente. Filho, não esqueça da sua sinusite, marque uma hora no médico. Filha, não esqueça de me trazer o livro assim que terminar. Filho, não esqueça de usar camisinha. Filha, não esqueça de cortar o cabelo, sua franja está no nariz. Filho, não esqueça do que aconteceu com o deputado, manere no cigarro. Filha, não esqueça do que aconteceu com a Suzaninha, olho no teu marido.

Mães ligam no sábado para convidar para o almoço. Mães ligam no domingo para saber se a lasanha não estava muito salgada. Mães ligam na segunda para dizer que já estão com saudades. Mães ligam na terça agradecendo a gente ter passado lá. Mães ligam na quarta para comentar a novela. Mães ligam na quinta para avisar que vão a um vernissage. Mães ligam na sexta para falar mal dos quadros. Mães ligam no sábado para recomeçar.

Os filhos se queixam? Todos. Faz parte do programa. Eles reclamam que a mãe pega no pé, que é onipresente, que não dá folga, mas se ela fica 24 horas sem dar sinal de vida, eles chamam os bombeiros, a brigada, o Ecco Salva: descubram onde está mamãe!

Eu falo com a minha mãe dia sim, outro também. Se ela não liga, eu ligo. O assunto? Trivial requentado, e está ótimo assim. Mãe pode fazer papel de padre, de psiquiatra, de irmã, de filha, mas se sai bem mesmo é no papel de mãe, atenta e presente, mesmo quando longe. Trabalhem, caríssimas mães, festeiem, viajem, namorem, estudem, caminhem, divirtam-se. Maternidade não é tudo. Mas continuem ligando para saber se a gente chegou bem em casa.

Maio de 1998

É namoro ou amizade?

Admita: você já assistiu ao programa *Em nome do amor*, do Silvio Santos, domingos à tarde. É aquele programa onde garotas e rapazes que nunca se viram mais gordos tiram uns aos outros para dançar ao som de Julio Iglesias, enquanto aproveitam para trocar três palavras. No final da música, Sílvio pergunta para cada casal: é namoro ou amizade? Se a menina responder amizade, volta para o banco de reservas. Se responder namoro, ganha um buquê de flores e sai de mãos dadas com um amor novinho em folha. Já pensou que paraíso se fosse fácil assim?

Você está no bar da faculdade tomando um suco quando surge aquele colega que é um deus. Ele vem na sua direção e sorri. É seu dia de sorte. Está cada vez mais perto. Finalmente ele chega e lhe entrega um minidicionário Aurélio. "Você deixou cair lá fora". Antes que você consiga dizer obrigada, ele dá meia-volta, mas não consegue dar um passo. Sílvio Santos está de microfone em punho interrompendo a fuga: é namoro ou amizade? "Namoro", responde você. A plateia do bar aplaude, você segura a mão do cara e não larga nunca mais.

Você está de bobeira no posto de gasolina, sábado à noite, encostado num Kadett. Sua cerveja está ficando quente e você não tem um real no bolso. Olha para o relógio: hora de saltar fora. Nisso surge uma clone da Cameron Diaz e pede licença para sair com o carro. Você desencosta. "Está bem cuidado, princesa", diz naquele seu jeito cafajeste. Ela entra, tenta arrancar, mas quase atropela Sílvio Santos, que surge não se sabe de onde, perguntando à queima-roupa: é namoro ou amizade? "Namoro", responde você entrando no Kadett da loira. Arranjou uma carona e uma paixão.

Você é divorciada e já não é uma ninfeta: quase esqueceu para que serve um homem. Está no cinema sozinha, pra variar. Nisso entra um cinquentão boa pinta, sem aliança no dedo. Senta quase ao seu lado, apenas uma poltrona os separa. As luzes ainda estão acesas e na fila da frente três retardadas não param de rir e de fazer barulho com o papel de bala. O bacana olha pra você e diz: "Espero que, quando o filme iniciar, esse frege termine". Ele fala frege, como você. Feitos um para o outro. Nisso Sílvio Santos se materializa na poltrona do meio e lasca: "É namoro ou amizade?" Você agarra o microfone: "Namoro". Sílvio sai de fininho, você pula para a cadeira do lado e assiste a todo o filme com a cabecinha apoiada no ombro do tipão.

Seria o Éden, não fosse ficção. Não existe amor instantâneo. Se quiser arranjar um namorado em 10 minutos, só há um jeito: inscreva-se no *Em nome do amor*. Mas vai ter que aguentar o Julio Iglesias.

Junho de 1998

Amores intraduzíveis

Uma amiga namorou por seis meses um americano nascido em Santa Bárbara, Califórnia. Lá conheceram-se e por lá ela ficou. Apaixonou-se pelos olhos dele, pelos ombros dele, pelo gosto musical do gringo, que batia 100% com o seu. Passavam tardes inteiras ouvindo John Mellencamp, Elvis Costello e Neneh Cherry, apesar de ela não ter a mínima ideia do que diziam as letras. Seu inglês empacou no the book is on the table e dali nunca saiu. Ele, por sua vez, achava que no Brasil se falava espanhol, idioma que tampouco dominava. Tudo bem. Nenhum dos dois estava mesmo a fim de papo. Beijavam-se adoidado, caminhavam juntos na beira do mar, andavam de bicicleta, tomavam cerveja nos bares e compartilhavam canções. Foram almas gêmeas por meio ano e tudo o que precisavam era dizer hello quando se encontravam e bye bye quando se despediam. O resto funcionava na base da mímica, do tato e do encanto. Mas não há amor que resista à mudez eterna. Ela resolveu voltar para o Brasil e não se correspondem por razões óbvias. Falar no telefone, nem pensar. The end.

Eis que minha amiga, ao voltar, conhece um paulista. Português fluente, como o dela. De certo modo, sentiu-se aliviada: ela poderia perguntar a ele o que achou de um filme, poderia conversar sobre as diferenças entre Lula e FHC, poderia deixar recados na sua secretária eletrônica e dizer coisas safadas no seu ouvido. Depois da greve de silêncio nos States, uau, ela soltaria o verbo. Foi então que aconteceu.

Parecia que um era do Zimbábue e o outro da Croácia. Ela não conseguia falar duas frases sem que ele retrucasse. Se ela dizia uma coisa carinhosa, ele achava que era ironia. Se ela falava sério sobre qualquer assunto, ele achava que era deboche. Se ela perguntava algo do passado dele, ele a chamava de invasiva. Se ela brincava com o cabelo dele, ele se ofendia. Completamente dessintonizados.

Quando era ele quem tentava melhorar o clima, também não funcionava. Se ele concordava com ela, ela achava que ele tinha aprontado alguma. Se ele ria de suas piadas, ela achava que ele não tinha entendido. Se ele pedia o mesmo prato que ela no restaurante, ela dizia que ele não tinha personalidade. Se ele pedia um prato diferente, era porque estava criticando a escolha dela. Amor nenhum resiste ao desentendimento eterno. Acabou. Não se correspondem por motivos óbvios e falar no telefone, também, nem pensar.

Minha amiga procura novo namorado e espera ter mais sorte na próxima vez. "Brasileiro ou estrangeiro?", pergunto eu. "Pouco importa", me responde ela, "desde que venha com legendas".

Junho de 1998

Atrasados e orgulhosos

As atrizes Christiane Torloni e Silvia Pfeifer estão protagonizando um casal de homossexuais na nova novela das oito, *Torre de Babel*. Não estou acompanhando diariamente, mas já vi algumas cenas. Não fôssemos avisados pela mídia, poderíamos julgar que interpretam duas irmãs. Mãozinhas nos ombros, sorrisinhos, piscadelas. Conversam muito no quarto, tiram a roupa na frente uma da outra, já tomaram um banho juntas. Nisso resume-se toda a indecência.

Christiane Torloni disse em entrevista que as pessoas se chocam não com o que veem, mas com o que imaginam ver. É dentro da cabeça da maioria dos telespectadores que se passam as cenas que nunca foram gravadas: orgias, beijos lascivos, sexo oral. Ficam todos indignados com um escândalo que na verdade não há. Christiane e Silvia estão apenas representando, de uma maneira discreta, uma parcela da sociedade que também ama, vota e paga impostos. Mas a tradicional família brasileira tem a sua própria definição do que é realidade e o que é ficção. Realidade é a maneira que gostariam que o mundo fosse. Ficção é o mundo como ele é.

Homossexualismo na tevê, só se for em programa humorístico, como o seu Peru da *Escolinha do Professor*

*Raimund*o ou o Tonhão da *TV Pirata*. Em novela, se for uma bicha bem caricata, aceita-se. Mas todos devem ter a recompensa que merecem: amargar na solidão. Foi então que começaram a aparecer os casais gays e ninguém mais achou graça. Casais têm estabilidade, não são promíscuos nem degenerados. Não são engraçados. Se não nos fazem rir, servem para quê? Para abrir nossa mente: que petulância. O caso entre os personagens de Christiane e Silvia é ainda mais desestabilizador porque elas são brancas, ricas e lindas, representantes da nata, aquela que está acima de qualquer suspeita. Até ontem queríamos ser parecidas com elas, como pudemos ser traídas desse jeito?

Às portas do século 21, o brasileiro ainda resiste em aceitar estilos de vida alternativos. Acha que entender e respeitar um comportamento diferente do seu significa adesão. Falta-lhe segurança nas próprias escolhas, humildade para permitir que o mundo evolua sem o seu consentimento, oxigênio para respirar novos ares e um humor menos pastelão. E um bom par de óculos, sem o qual atravessará o milênio aos tropeços.

Junho de 1998

A idade de casar

O amor pode surgir de repente, em qualquer etapa da vida, é o que todos os livros, filmes, novelas, crônicas e poemas nos fazem crer. É a pura verdade. O amor não marca hora, surge quando menos se espera. No entanto, a sociedade cobra que todos, homens e mulheres, definam seus pares por volta dos 25 e 30 anos. É a chamada idade de casar. Faça uma enquete: a maioria das pessoas casa dentro dessa faixa etária, o que de certo modo é uma vitória, se lembrarmos que antigamente casava-se antes dos 18. Porém, não deixa de ser suspeito que tanta gente tenha encontrado o verdadeiro amor na mesma época. O grande amor pode surgir aos 15 anos. Um sentimento forte, irracional, com chances de durar para sempre. Mas aos 15 ainda estamos estudando. Não somos independentes, não podemos alugar um imóvel, dirigir um carro, viajar sem o consentimento dos pais. Aos 15 somos inexperientes, imaturos, temos muito o que aprender. Resultado: esse grande amor poderá ser vivido com pressa e sem dedicação, e terminar pela urgencia de se querer viver os outros amores que o futuro nos reserva.

O grande amor pode, por outro lado, surgir só aos 50 anos. Você aguardará por ele? Aos 50 você espera já ter feito todas as escolhas, ter viajado pelo mundo e conhecido toda espécie de gente, ter uma carreira sedimentada e histórias pra contar. Aos 50 você terá mais passado do que futuro, terá mais bagagem de vida do que sonhos de adolescente. Resultado: o grande amor poderá encontrá-lo casado e cheio de filhos, e você, acomodado, terá pouca disposição para assumi-lo e começar tudo de novo.

Entre os 25 e 30 anos, o namorado ou namorada que estiver no posto pode virar nosso grande amor por uma questão de conveniência. É a idade em que cansamos de pular de galho em galho e começamos a considerar a hipótese de formar uma família. É quando temos cada vez menos amigos solteiros. É quando começamos a ganhar um salário mais decente e nosso organismo está a ponto de bala para gerar filhos. É quando nossos pais costumam cobrar genros, noras e netos. Uma marcação cerrada que nos torna mais tolerantes com os candidatos a cônjuge e que nos faz usar a razão tanto quanto a emoção. Alguns têm a sorte de encontrar seu grande amor no momento adequado. Outros resistem às pressões sociais e não trocam seu grande amor por outros planos, vivem o que há pra ser vivido, não importa se cedo ou tarde demais. Mas grande parte da população dança conforme a música. Um pequeno amor, surgido entre os 25 e 30 anos, tem tudo para virar um grande amor. Um grande amor, surgido em outras faixas etárias, tem tudo para virar uma fantasia.

Junho de 1998

Cultura de rua

Hoje, qualquer metrópole brasileira tem parentesco com as metrópoles internacionais, ditas de primeiro mundo. Não temos os mesmos recursos de educação, saúde e habitação, como já era hora, mas podemos consumir aqui o que antes só se encontrava lá fora: carros, roupas, restaurantes, revistas, discos, vitaminas. Só uma coisa ainda não importamos e que faz uma falta tremenda em nossas cidades: a cultura de rua.

Nova York, Amsterdam, Munique, todas têm em comum mais do que riqueza aparente: têm arte aparente. Qualquer esquina, estação de metrô ou parque público serve de palco para apresentações de artistas amadores. Vê-se de tudo nas ruas: malabaristas, mímicos, guitarristas, manipuladores de marionetes, atores de teatro, pintores, poetas, violinistas. Os peruanos, com suas flautas e ponchos, parecem ter aberto franquia: estão por toda parte, na frente do Louvre, na Piazza Navona, no alto do Empire State e espalhados pelas Ramblas. Nem o McDonald's consegue estar em tantos pontos ao mesmo tempo.

Qualquer local, turístico ou não, serve para uma demonstração de talento, e todos ganham com isso. Ganham, em primeiro lugar, os próprios artistas, que, na falta de um contrato com gravadoras e de um patrocinador que banque apresentações em teatros fechados, não ficam em casa amargurando-se: buscam o seu público na rua, e conseguem sobreviver disso. Passar o chapéu não é vergonha nenhuma, é uma relação de troca como outra qualquer. E muitos nem são tão amadores assim: já vi muito músico vender o próprio CD na calçada por falta de uma colocação no mercado fonográfico. Aqui mesmo, em Porto Alegre, um grupo encenou recentemente *O barão nas árvores*, de Ítalo Calvino, em pleno Parque da Redenção. Palco melhor, não conheço.

Para a cidade e seus moradores, é um presente. Arte na rua faz qualquer dia parecer feriado. Nada deixa uma cidade mais alegre e divertida do que suas avenidas servindo como cenário de um show que não tem hora pra acabar. São manifestações espontâneas e superdemocráticas. Duvido que um operário, um bancário ou uma secretária que cruze com um saxofonista tocando Miles Davis não chegue mais feliz no trabalho. As cidades precisam deixar de serem vistas apenas como aglomerados de prédios, onde todos circulam com pressa, sem motivo para parar. Um corredor de galeria pode ter uma ótima acústica, um largo pode ter uma iluminação excelente. Precisa mais?

O Brasil é o país mais musical do planeta e tem uma cultura riquíssima, e no entanto arte de rua, para nós, é carnaval em fevereiro ou rodinha de capoeira no domingo à tarde. É pouco. Os sem-gravadoras, sem-marchands, sem-editoras, enfim, os sem-contrato precisam começar a tomar posse das ruas do país. Certamente será uma invasão consentida e apoiada pelas prefeituras e pela população. Espaço tem de sobra e público é o que não falta.

Junho de 1998

Resorts flutuantes

Tanto a *Veja* quanto a *Isto É* publicaram reportagens sobre os supertransatlânticos que estão invadindo os mares do planeta, fascinando turistas e agentes de viagem. Os barcos são de matar de inveja o *Titanic*. Alguns têm 18 andares, o que raríssimos prédios de Porto Alegre têm. Neles encontram-se butiques, restaurantes, uma dúzia de piscinas, bares, quadras poliesportivas, cassino, pista de cooper, rinque de gelo, teatros, biblioteca, discoteca, parque de diversões, capela, spa e até um campo de golfe. É tudo o que um Sheraton quer ser quando crescer.

Fico enjoada só de imaginar, mesmo sabendo que esses meganavios não jogam, a menos que sejam atingidos por um tornado. Admito que cruzeiros marítimos alimentam fantasias de amores clandestinos, jantares de gala, excursões por camarotes alheios, paixões explodindo no convés. Viajei num transatlântico, mês passado, lendo o excelente *A casa do poeta trágico*, de Carlos Heitor Cony, mas só embarco em ficção. Ao vivo e a cores, nem caiaque me pega.

Posso estar enganada, mas viajar de navio deve ser o mesmo que viajar de hotel 5 estrelas. Você faz o check-in na portaria, recebe as chaves dos seus aposentos e "teje preso": ninguém entra, ninguém sai. Ao se afastar lentamente da terra firme, você ainda mantém uma certa ilusão de que vai descansar, mas em seguida começa aquela obrigação infernal de se divertir. Toda a infra-estrutura é voltada para o lazer. Antes de aportar no primeiro cais, você terá que nadar, dançar, jogar bingo, fazer sauna, apostar na roleta, comer, beber, comprar, malhar, tirar fotos e ser feliz. Não é uma cruz, mas você estará condenado a fazer tudo isso olhando para os mesmos rostos por semanas a fio. Uma Alcatraz de luxo.

Viajar de navio já não é programa de idoso: crianças e adolescentes estão sendo sutilmente atraídas para esse confinamento. Até a Disney já tem sua linha de cruzeiros, com barcos cheios de efeitos de computador. Pobres pais. Como convencer as crianças de que não há nada mais romântico do que uma viagem de trem, nada mais prático do que um boeing e nada mais independente do que alugar um carro e criar o próprio roteiro? O que pode substituir uma bicicleta em Amsterdam, uma lambreta no sul da Itália e o metrô para percorrer o underground londrino? Isso sem falar nos próprios pés, melhor meio de transporte para quem quer conhecer de verdade algum lugar, seja ele qual for.

Talvez eu não tenha pego o espírito da coisa, mas não importa. Sigo reticente quanto a esses cruzeiros que enquadram os passageiros numa excursão, forçando a convivência pacífica. Transatlânticos parecem amostras grátis do mundo. Prefiro o original, que é maior e não afunda.

Junho de 1998

A felicidade a nosso modo

Frank Sinatra não está mais entre nós, mas deixou imortalizada uma canção que circulou pelo repertório inclusive de Nina Hagen e dos Sex Pistols, *My Way*. A letra fala de um cara que teve uma vida cheia, que percorreu muitas estradas, que amou, riu, chorou, mas o importante é que fez tudo isso do jeito dele. "I've lived a life that's full/I've traveled each and every highway/ But more, much more than this/I did it my way."

Semana passada escrevi que ser diferente pode ser mais estimulante do que ser o melhor. Essa diferença não está em ir para o trabalho de pijama ou comer churrasco de pinguim, mas em concentrar-se no que realmente nos dá prazer, sem julgar se é uma atitude politicamente correta ou incorreta, e muito menos se vai contar pontos no ranking dos descolados. Trata-se de incorporar ao nosso dia a dia pequenos deleites que registrem nossa identidade. Os grandes prazeres são imperativos e comuns a todos, existem para satisfazer nossa necessidade de sexo, fome, sede, frio, calor, afeto. Os pequenos prazeres, ao contrário, nos individualizam, revelam a nossa maneira de estar no mundo. É o nosso jeito.

Em 99, de minha parte, quero ter tempo para ao menos um banho de banheira, ficar ali imersa ouvindo música e tomando um vinho branco bem gelado. Quero ler o livro novo da Lya Luft, quero ver os dois filmes do Woody Allen que ainda não estrearam aqui. Quero caminhar 45 minutos de manhã cedo. Quero assinar a revista *Bravo*. Quero renovar as flores da casa toda semana. Comer muito queijo emmental. Ser a primeira a abrir o jornal. Dormir em lençóis de percal.

Em 99 quero ir mais ao Margs. Dar menos explicações. Ver o Walter Salles e a Fernanda Montenegro brilhando no Dorothy Chandler Pavilion. Quero oito horas de sono. Andar de trem. Brigar com ninguém. Escrever um livro. Dirigir ouvindo a *Pop Rock*. Quero tomar mais água. Bordar um tapete.

Não quero ver filme com bicho, nem festa com mapa, nem ouvir má notícia. Não quero cama amarfanhada, Céline Dion, poesia concreta, reunião de condomínio, banho frio, barulho de obra e, se pudesse, pularia os domingos.

Em 99 quero subir pela escada, comer caranguejo com molho rosé, viajar com as minhas filhas, apoiar os pés na mesinha de centro, não deixar faltar gelo, manjericão e beijo na boca. Pequenos prazeres, volúpias enormes. Tenha você também um ano feliz a seu modo.

Outubro de 1998

O fascínio por quebrar recordes

Quanto mais eu acho que entendo o ser humano, mais descubro que sei é nada. Um estudante americano acaba de ficar 770 horas dentro de um carrinho de montanha-russa, pra cima e pra baixo, sem parar: isso dá mais de um mês! Pessoas que realizam esse tipo de proeza geralmente têm emprego, família e atestado de sanidade: de onde tiram essas ideias de jerico?

Admiro quebras de recordes que são circunstanciais. Wilson Grey foi o ator que mais fez filmes no Brasil, 250. Cid Moreira foi quem ficou mais tempo no ar apresentando o mesmo telejornal, desde 1969. Garoto Bombril é a série de comerciais mais duradoura da propaganda brasileira. E *A Ratoeira*, de Agatha Christie, é a peça teatral que mais tempo está em cartaz, em Londres. Recordes que foram batidos por causa do sucesso, não pela perseverança.

Recordes programados só se justificam no esporte. É bacana ver um homem ou mulher tentando superar seus limites, nadando mais rápido, saltando mais longe, goleando mais vezes. É o que diferencia um mortal de um campeão.

O resto é loucura. Homens que puxam boeings de 200 toneladas com a boca. Que pedalam de costas por mais de 70 km. Que tatuam 99% do corpo. Que percorrem 20 km dando cambalhotas. Que arrumam uma cama em oito segundos. Pra quê?

Para constar do *Guiness Book*, o maior best-seller depois da Bíblia, publicado em cerca de 40 idiomas. Está lá o recorde de aplauso conquistado por um indiano, que ficou batendo palmas 58 horas e 9 segundos (quase três dias), o recorde em segurar cartas de baralho (326 numa única mão, deixando os valores e os naipes à vista), ou o recorde de livro retirado de uma biblioteca e não devolvido no prazo: 228 anos! E a multa nem foi cobrada.

A intenção original do *Guiness*, que teve sua primeira edição em 1955, na Inglaterra, era esclarecer controvérsias relativas a diversos assuntos, mas isso foi antes do mundo globalizado, da Internet, da idolatria pela mídia. O *Guiness* tornou-se um trampolim para entrarmos para a história nem que seja brevemente, até que alguém mais maluco do que nós nos devolva ao anonimato.

Julho de 1998

Sozinha no restaurante

Já escrevi sobre isso: acho a solidão uma bela companheira. Caminhar sozinha, ir ao cinema sozinha, fazer compras sozinha, nada disso me parece melancólico, ao contrário, até prefiro. É claro que a solidão só me dá prazer na medida em que sei que ela é uma escolha: companhia é o que não me falta. Tenho a sorte de contar com um staff de amigos e familiares que preenchem minha vida plenamente. Solidão só dói quando é inevitável.

Já morei sozinha e também viajei sozinha, o que significa hospedar-se em hotéis, andar de trem, visitar museus, decidir itinerários, passear no parque, ir à praia e pegar o metrô dividindo as surpresas e alegrias consigo própria e ninguém mais. É muito bom, poucas coisas promovem tanto autoconhecimento. Apenas uma coisa nunca consegui fazer só: jantar num restaurante.

Cadeias de fast-food, pizzarias, cafés e similares combinam com os solitários, como tudo o que é self-service e express. Não se trata disso. Estou falando de restaurante mesmo, com maître, garçom, cardápio, música e várias outras mesas lotadas de casais, turmas e afins. Não consigo enfrentar sozinha.

Restaurante não é um lugar onde se vai para matar a fome: é um espaço para socializar, para apreciar um bom prato, um bom vinho, compartilhar. Sozinha é um desperdício. Com quem conversar enquanto seu entrecôte não vem? Com quem brindar? Com quem rachar a conta? Nã, nã, nã, nã, é por isso que os serviços de telentrega prosperam a olhos vistos. Ficar em casa dá no mesmo e sai mais barato.

Admiro quem veste uma roupa bonita, pega um táxi e dirige-se a um restaurante alinhado, onde é recebido com pompa e circunstância. Aparentemente, é a mesma coisa que ir a um teatro ou exposição: vai-se para apreciar uma obra, no caso o talento do chef. Pode-se considerar um evento cultural como outro qualquer. Mas haja desprendimento. Só mesmo os 100% independentes conseguem levar esse plano até o fim. Estou satisfeita com meus modestos 99%. Mesas ocupadas por um único cliente dão sempre duas impressões: ou ali está um gourmet a serviço, provando as delícias que irá criticar amanhã na sua coluna de gastronomia, ou é alguém que levou o bolo com muita dignidade. Prefiro um telepastel.

Julho de 1998

A dor que dói mais

Trancar o dedo numa porta dói. Bater com o queixo no chão dói. Torcer o tornozelo dói. Um tapa, um soco, um pontapé, doem. Dói bater a cabeça na quina da mesa, dói morder a língua, dói cólica, cárie e pedra no rim. Mas o que mais dói é saudade.

Saudade de um irmão que mora longe. Saudade de uma cachoeira da infância. Saudade do gosto de uma fruta que não se encontra mais. Saudade do pai que já morreu. Saudade de um amigo imaginário que nunca existiu. Saudade de uma cidade. Saudade da gente mesmo, quando se tinha mais audácia e menos cabelos brancos. Doem essas saudades todas.

Mas a saudade mais dolorida é a saudade de quem se ama. Saudade da pele, do cheiro, dos beijos. Saudade da presença, e até da ausência consentida. Você podia ficar na sala e ele no quarto, sem se verem, mas sabiam-se lá. Você podia ir para o aeroporto e ele para o dentista, mas sabiam-se onde. Você podia ficar o dia sem vê-lo, ele o dia sem vê-la, mas sabiam-se amanhã. Mas quando o amor de um acaba, ao outro sobra uma saudade que ninguém sabe como deter.

Saudade é não saber. Não saber mais se ele continua se gripando no inverno. Não saber mais se ela continua pintando o cabelo de caju. Não saber se ele ainda usa a camisa que você deu. Não saber se ela foi na consulta com o dermatologista como prometeu. Não saber se ele tem comido frango assado, se ela tem assistido às aulas de inglês, se ele aprendeu a entrar na Internet, se ela aprendeu a estacionar entre dois carros, se ele continua fumando Carlton, se ela continua preferindo Pepsi, se ele continua sorrindo, se ela continua dançando, se ele continua pescando, se ela continua lhe amando.

Saudade é não saber. Não saber o que fazer com os dias que ficaram mais compridos, não saber como encontrar tarefas que lhe cessem o pensamento, não saber como frear as lágrimas diante de uma música, não saber como vencer a dor de um silêncio que nada preenche.

Saudade é não querer saber. Não querer saber se ele está com outra, se ela está feliz, se ele está mais magro, se ela está mais bela. Saudade é nunca mais querer saber de quem se ama, e ainda assim, doer.

Julho de 1998

A morte, a vida e o amor

Poucos filmes conseguem abordar três assuntos tão amplos em apenas duas horas. *Cidade dos Anjos* consegue. O filme está em cartaz no Brasil, com Nicolas Cage e Meg Ryan nos papéis principais. Trata-se de uma adaptação do filme *Asas do Desejo* do alemão Wim Wenders, porém a versão americana é mais pop e comercial. Fui com dois pés atrás e saí com dois olhos encharcados.

Cidade dos Anjos não é uma obra-prima, a atuação de Meg Ryan é razoável e os diálogos são corretos e só. A seu favor, o filme tem uma bela fotografia, uma trilha sonora bacana, um Nicolas Cage afiado e um roteiro que valoriza, adivinhe quem, o amor. Há quem prefira a artilharia pesada dos filmes de Bruce Willis, Stallone, Van Damme e Schwarzenegger, mas um pouco de romantismo não faz mal a ninguém.

O filme conta a história de um anjo que se apaixona por uma médica. Eu sou cética de carteirinha, mas me rendi ao sobrenatural. O conflito do filme é o seguinte: vale a pena um anjo abrir mão da sua eternidade para virar um simples mortal, e assim poder viver um grande amor? Como vocês sabem, anjos não têm sexo, e mesmo que tivessem, não teriam dinheiro para o motel. Anjos não têm fome, sede, sono. Transportam-se de um lugar para o outro sem precisar de um táxi, atravessam paredes, entendem todos os idiomas, leem nossos pensamentos. Missão: proteger-nos enquanto não for nossa hora e buscar-nos quando a hora chegar. Não é pouca coisa, se levarmos em conta que trabalham sem carteira assinada e sem décimo terceiro.

Conclusão: ter um anjo da guarda é ótimo, mas ser anjo é roubada. Nada substitui as coisas simples da vida, como pegar jacaré no mar, dar uma mordida numa pera, tomar uma chuveirada ou receber um beijo na boca. É claro que a mortalidade inclui também ser pego desprevenido por um temporal, perder o emprego, ter nosso cartão do banco extraviado ou arrancar um siso. Viver é correr riscos, é conhecer a dor e o prazer, a solidão e a paixão. Anjos são imunes a isso tudo. Seu único consolo é que não morrem. Eu prefiro colidir com um poste a não viver.

Cidade dos Anjos, anote aí. A morte, a vida e o amor ao preço de um único ingresso. Está longe de ser um Woody Allen, mas faz você pensar e valorizar muito mais a sua coca-cola, o seu edredom, a sua aula de natação, o seu CD do Ed Motta e o cafuné do seu namorado, todas essas coisas que os anjos não podem sentir nem tocar.

Julho de 1998

As razões que o amor desconhece

Você é inteligente. Lê livros, revistas, jornais. Gosta dos filmes do Ettore Scola, dos irmãos Coen e do Robert Altman, mas sabe que uma boa comédia romântica também tem o seu valor. É bonita. Seu cabelo nasceu para ser sacudido num comercial de xampu e seu corpo tem todas as curvas no lugar. Independente, emprego fixo, bom saldo no banco. Gosta de viajar, de música, tem loucura por computador e seu fettuccine al pesto é imbatível. Você tem bom humor, não pega no pé de ninguém e adora sexo. Com um currículo desses, criatura, por que diabo está sem namorado?

Ah, o amor, essa raposa. Quem dera o amor não fosse um sentimento, mas uma equação matemática: eu linda + você inteligente = dois apaixonados.

Não funciona assim. Ninguém ama outra pessoa pelas qualidades que ela tem, caso contrário os honestos, simpáticos e não fumantes teriam uma fila de pretendentes batendo à porta. O amor não é chegado a fazer contas, não obedece à razão. O verdadeiro amor acontece por empatia, por magnetismo, por conjunção estelar. Costuma ser despertado mais pelas flechas do Cupido do que por uma ficha limpa.

Você ama aquele cafajeste. Ele diz que vai ligar e não liga, ele veste o primeiro trapo que encontra no armário, ele só escuta Egberto Gismonti e Sivuca. Não emplaca uma semana nos empregos, está sempre duro e é meio galinha. Ele não tem a menor vocação para príncipe encantado, e ainda assim você não consegue despachá-lo. Quando a mão dele toca na sua nuca, você derrete feito manteiga. Ele toca gaita de boca, adora animais e escreve poemas. Por que você ama esse cara? Não pergunte pra mim.

Você ama aquela petulante. Você escreveu dúzias de cartas que ela não respondeu, você deu flores que ela deixou a seco, você levou-a para conhecer sua mãe e ela foi de blusa transparente. Você gosta de rock e ela de chorinho, você gosta de praia e ela tem alergia a sol, você abomina o Natal e ela detesta o Ano-Novo, nem no ódio vocês combinam. Então? Então que ela tem um jeito de sorrir que o deixa imobilizado, o beijo dela é mais viciante que LSD, você adora brigar com ela e ela adora implicar com você. Isso tem nome.

Ninguém ama outra pessoa porque ela é educada, veste-se bem e é fã do Caetano. Isso são só referências. Ama-se pelo cheiro, pelo mistério, pela paz que o outro lhe dá, ou pelo tormento que provoca. Ama-se pelo tom de voz, pela maneira que os olhos piscam, pela fragilidade que se revela quando menos se espera. Amar não requer conhecimento prévio nem consulta ao SPC. Ama-se justamente pelo o que o amor tem de indefinível. Honestos existem aos milhares, generosos têm às pencas, bons motoristas e bons pais de família, tá assim, ó. Mas ninguém consegue ser do jeito que o amor da sua vida é.

Julho de 1998

Um Silva a menos, um Collor a mais

James Fernando Brás da Silva era, até mês passado, um estudante de 18 anos que só tinha certeza de quem era sua mãe. Através de um teste de DNA, confirmou as suspeitas sobre quem era seu pai: Fernando Collor de Melo. James é filho do rei.

Com um sorriso de orelha a orelha, James saiu do anonimato. Teve fotos publicadas nos jornais e já soube que seu futuro está garantido. Terá o mesmo direito de herança dos meio-irmãos Arnon Affonso e Joaquim Pedro. "Minha vida está melhorando", disse James.

Depois de passar os últimos dez anos escondido da imprensa para não atrapalhar a carreira política do ex-presidente, que se recusava a reconhecê-lo mas pagava pensão para evitar escândalo, James agora tem permissão para dar entrevistas e assinar o sobrenome Collor de Melo. Um Silva a menos no Brasil.

James tem o mesmo sobrenome de Ayrton Senna e de Faustão, mas isso não há de lhe confortar. É mais um Silva entre milhões de Silvas nao identificados nesse mundão de Deus. Agora ganhou a chance de deslocar seu Silva para o meio e escalar para a lateral um sobrenome de peso, epíteto de presidente, gente importante, seu pai.

James ganhou um pai. Essa é a boa notícia. Um pai para abraçar neste domingo, para acompanhar seus estudos, para receber conselhos, para dividir segredos, para orientar seus passos, para admirar, respeitar e receber amor, um pai. James precisa disso tanto quanto os outros garotos.

Que James tenha a sorte de esse pai não se transformar num presente de grego, num tipo manipulador que usará a paternidade assumida tardiamente para angariar votos e vender a imagem de bom moço, mais bom moço que Pelé, que até hoje ignora a filha que todos sabem que tem.

Que James, tão orgulhoso do sobrenome que herdou, não herde também o dom do cinismo, da desonestidade, da cara de pau. Que James conquiste o legítimo direito de afeto, mas que esse não lhe seja cobrado caro. Que James seja o que é, um filho, e não um oportuno cabo eleitoral. Que aproveite a chance de estudar no exterior, aprender inglês e praticar esportes, mas que não seja obrigado a ceder seu caráter e sua ingenuidade em troca de tantos privilégios. Que permaneça Silva, o James, nesse mundo por aqui de Collor.

Agosto de 1998

O sexo das mães

Leio a maioria das revistas femininas. São todas iguais entre si e iguais a elas mesmas nos últimos anos, e mesmo assim é um vício que não consigo largar. Outro dia estava lendo um exemplar que trazia mais uma dessas reportagens que pretendem nos ensinar a ser feliz em 10 lições. A matéria sugeria uma mudança de hábitos na vida sexual dos casais para evitar a monotonia. Se você é solteira ou recém-casada, pode seguir passo a passo os mandamentos da revista, ainda que nessa fase da vida o sexo esteja longe de ser morno. Mas para mulheres com filhos pequenos, a reportagem é cômica.

"Talvez o sexo esteja preguiçoso porque você sempre faz amor no quarto. Por que não arrastar o colchão até a sala?" Grande ideia. Seus filhos sempre quiseram brincar de acampamento.

"Mostre o seu talento. Faça um strip-tease." Seja original e escolha *You can leave your hat on*, de Joe Cocker, como trilha sonora. Mas nada de detonar no volume. Dê um fone de ouvido para seu marido. Não vai ser ele quem vai fazer o caçula pegar no sono de novo, caso acorde.

"Não deixe o sexo para o fim de noite. Assim que ele chegar do trabalho, seduza-o no corredor ou na cozinha." Isso, mate a curiosidade da gurizada. Eles sempre quiseram saber o que passa na tevê às duas da manhã.

"Amarre seu marido na cama." E peça depois para o Júnior vir soltá-lo, porque papai tem uma reunião às oito e você é péssima com nós.

"Dê uma lista de coisas sacanas para ele trazer quando voltar para casa: vibradores, óleos de massagem etc." Quando as crianças perguntarem para que servem, diga que são os novos brindes do McDonald's.

"Levem comida pra cama: mel, champanhe, geleias e se incluam no menu." Nada mais prático. Assim, quando uma das crianças gritar "mãe, tô com fome", você já está com o piquenique armado.

"Ao ver televisão, deixem os dedos deslizarem pelo corpo um do outro e resolvam o assunto ali mesmo, no sofá." Mas sejam rápidos. Usem um dos intervalos das Chiquititas.

Agosto de 1998

Absolvidos pela conversão

Se o autor de *Torre de Babel*, Sílvio de Abreu, tivesse interrompido o relacionamento entre as personagens Leila e Rafaela e jogado cada uma nos braços de um galã, Christiane Torloni e Silvia Pfeifer estariam até hoje no elenco da novela, devidamente reintegradas à sociedade e garantindo os pontos no Ibope. Mas o autor preferiu não convertê-las em nome de uma coisa pouco usada hoje em dia: coerência. Preferiu mandá-las pelos ares, juntas e apaixonadas.

Assuntos polêmicos costumam ser abordados com mais liberdade em minisséries e programas especiais, de fôlego curto, onde não há tempo para fazer guinadas no roteiro a pedido da audiência. Mas não foi o que aconteceu no episódio da última quarta-feira do programa Mulher, quando mais uma vez um casal de homossexuais femininos se desfez, graças à conversão instantânea de uma das moças. Depois de quatro anos vivendo com uma arquiteta, o personagem interpretado pela atriz Paloma Duarte decidiu, num piscar de olhos, casar com um homem e ter uma penca de filhos. O escolhido, claro, foi um ex-gay, para mostrar que a conversão é uma via de mão dupla.

Nos Estados Unidos a conversão de homossexuais em heteros está sendo anunciada pelos conservadores como a salvação para essas pobres almas perdidas. E o que é bom para os Estados Unidos, você sabe: aqui também já pipoca um movimento que pretende recuperar homossexuais em grupos de autoajuda, a exemplo do que faz os Alcóolicos Anônimos. Homossexualismo é vício, diagnosticaram os heteros, todos Ph.D em amor.

O Brasil tenta, aos tropeços, entrar para o Primeiro Mundo. Sabe que, para isso, é preciso educação, saúde, estabilidade monetária, abertura de novos mercados e geração de empregos. No entanto, um país só progride se souber evoluir também sua mentalidade. Se nos preocupássemos em evoluir apenas financeiramente, até hoje as mulheres não votariam e os negros continuariam a subir pelo elevador de serviço. A maneira como a sociedade se comporta também conta pontos no ranking dos desenvolvidos, e tolerância e sensibilidade seguem sendo vitais para avançar politicamente.

Estimular a conversão de um homossexual é um desrespeito ao livre-arbítrio e uma hipocrisia camuflada de boa ação. Sexo não é assunto de escoteiros. Os brasileiros estão cada vez mais familiarizados com celulares, computadores e tevê a cabo. Compram macarrão italiano no mercado da esquina, vestem Armani, dirigem carros importados e escovam os dentes com Crest. Uma modernidade patética e ilusória diante do atraso cultural que a maioria ainda orgulha-se de manter.

Agosto de 1998

Vencer sem se perder

Gustavo Kuerten surgiu do nada e quando vimos era o campeão de Roland Garros de 1997. Um menino que se autointitulava "manezinho da ilha" e cujo ídolo era um tal Jacaré. Um garoto que pouco ligava para quantas estrelas tinha seu hotel em Paris e que não tinha uma Brooke Shields torcendo por ele na plateia, mas uma mãe, uma avó e um treinador que era quase um pai. Muito parecido com a gente para ser um campeão.

Quando tudo indicava que ele se transformaria num fenômeno mundial, começou a perder feito louco, errar bolas fáceis. Não chegou a ter convulsões, que isso é coisa de craques mais visados, mas teve lá suas dores de barriga. Jurava-se que ele nunca mais passaria das segundas rodadas, virando uma espécie de Rubinho Barrichello do tênis: simpático, mas condenado a ficar no meio do caminho.

Um ano depois, eis que manezinho ergue a taça novamente: é o campeão do ATP Tour de Stuttgart, título conquistado domingo passado. Mostrou-se o mesmo Guga, com a mesma modéstia, a mesma valorização da família e a mesma gratidão: deu seu prêmio, um Mercedes poderoso, de presente para Larri Passos. Chique, mesmo, é isso.

Guga é um campeão que nos deixa relaxados. Expõe logotipos de patrocinadores no seu uniforme, como todo atleta profissional, mas não carrega nos ombros a obrigatoriedade da perfeição, o endeusamento da própria imagem, a angústia por não acertar sempre. Quando terminou a partida final que lhe deu o título na Alemanha, Guga declarou que agora tinha saldo de felicidade por mais um ano. Quando todos esperavam ouvir dele que iria ganhar todas daqui por diante, Guga reconheceu publicamente sua vulnerabilidade: fará que a alegria dessa vitória segure a barra das próximas derrotas, porque aprendeu que nada dura para sempre, nem aplausos, nem vaias.

O mundo prefere astros mais heroicos, glamurosos. Prefere os que andam em carrões, namoram loiras incríveis e são consumidos pela própria vaidade. As estrelas do esporte merecem tudo isso, mas tenho um fraco por quem também dá valor a coisas menos ofuscantes. O jogador Emerson, por exemplo, demonstrou humildade e educação ao comprar um terno antes de se apresentar à Seleção. Foi um gesto trivial, mas revelador. Gosto de quem não tem vergonha de ser quem é, que não se deixa inflar pelo próprio ego. Acho essa gente muito mais campeã. Vencer é não perder pontos, não perder gols, não perder posição, mas é também não perder-se de si mesmo, talento que poucos têm.

Agosto de 1998

Palavras mortas

Mario Vargas Llosa é peruano e um dos maiores escritores da América Latina. É, também, um político abortado. Tentou candidatar-se à presidência da República de seu país, em 1990, e perdeu no segundo turno para um alucinado Fujimori. O que ficou dessa experiência? As diversas funções que a palavra pode ter.

Reproduzo a seguir um trecho de uma entrevista dada por Vargas Llosa ao jornalista argentino Jorge Halperín e que foi publicada no livro *Pensar el mundo*, junto a diversas outras entrevistas com personalidades marcantes deste final de século. Halperín perguntou a Llosa o que faz um escritor com as palavras quando as deve usar como político. A resposta: "Para um escritor, a linguagem é seu bem mais precioso. É uma relação que envolve enorme cuidado, respeito, quase uma reverência religiosa. Ela é trabalhada de maneira muito pessoal porque é através dela que criamos nossa identidade como escritor. Já para o político, a linguagem é apenas um instrumento. Como ele quer chegar ao maior número de pessoas, ele a simplifica e a repete. Por isso, em política, é irresistível o uso de estereótipos, clichês, estribilhos, tudo o que em literatura significa palavra morta".

Minha gente! Brasileiros e brasileiras! Vote em quem vai dar emprego! Vote em quem vai dar educação! Vote em quem vai transformar esse país! Vote por um novo Brasil!

Você ouve essa cantilena desde que nasceu. Palavras ao vento, refrões massacrantes, frases sem conteúdo, sem ideias, sem soluções. Será que a população estranharia um discurso diferente, outras palavras? Confundiria com literatura? Tenho uma curiosidade danada de saber como se sairia um candidato caso nos oferecesse outros verbos, outros predicados, menos slogans. Imagine ele dizendo o que vai fazer, por que vai fazer e, principalmente, como e com que grana. Não seria um oásis no deserto? Não seria preciso rimar nem abusar de sintaxes, apenas dar às palavras mais utilidade.

Iniciou-se ontem mais uma maratona de propaganda eleitoral. Os candidatos são os mesmos, a boa intenção é a mesma. O que poderia despertar nosso interesse por essas eleições? Palavras vivas.

Agosto de 1998

Maníacas pela fama

Todas as vítimas de Francisco de Assis Pereira, o maníaco do Parque do Estado, eram jovens e tinham cabelos encaracolados. Outra coisa as caracterizava: todas tinham o miolo mole, a ponto de se deixar levar por um estranho mata adentro em busca de um sucesso instantâneo.

Lamento a morte cruel e precoce dessas meninas, e Francisco tem que ficar enjaulado para sempre, pois ele não é apenas um maníaco. Francisco é o Assassino do Parque, o Tarado do Parque, o Psicopata do Parque. Maníacas eram as vítimas, obcecadas por tornarem-se modelos.

O golpe de dizer-se fotógrafo em busca de talentos não é novo, e muitas vezes não é golpe. A modelo brasileira Gianne Albertoni foi descoberta quando passeava no Parque do Ibirapuera, também em São Paulo. Naomi Campbell foi caçada por um olheiro na saída do colégio, em Londres. Claudia Schiffer estava dançando numa boate em Frankfurt quando alguém percebeu sua semelhança com Brigitte Bardot. Todos esses casos costumam ser amplamente divulgados pela imprensa especializada e dão a impressão de que tornar-se uma top model é só uma questão de estar no lugar certo na hora certa. As garotas que foram atraídas por Francisco não levaram em consideração o fato de elas não serem deusas do Olimpo e de ele não portar nenhuma documentação que comprovasse sua suposta atividade profissional. Foram vítimas, antes de mais nada, de uma tremenda ilusão.

Se alguém as chamasse para fazerem um teste de datilógrafa ou para um estágio numa indústria de salsichas, a maioria iria perguntar o nome da empresa, o salário, a carga horária, e ainda assim desconfiaria dessa oferta caída dos céus em tempo de tanta demanda. Mas a possibilidade do estrelato cega e emburrece. As garotas tornam-se incapazes de acionar o alarme interno, pois acreditam que o final da história compensará o risco.

Casos como o de Shirley Mallmann, ex-funcionária de uma fábrica do interior, ou o da garota que recentemente foi pinçada do Morro da Cruz para um desfile promovido pela Ford Models são contos de fada que deram certo, mas as chances de isso acontecer com uma balconista de rodoviária é 0,001%. Cair na real é duro, mas é isso que temos que aprender dentro de casa. Sucesso é ter um emprego, uma vida tranquila, meia dúzia de amigos fiéis, um pouco de lazer, algum estudo e a cabeça no lugar. Sonhar é bom e saudável, ler revistas é uma delícia, imaginar cenas de novela acontecendo conosco é permitido e indolor, mas nada nos deixa mais vulneráveis do que cruzar a fronteira do imaginário. Do outro lado, ninguém sabe o que há.

Agosto de 1998

Amor de fã

Você passaria a madrugada em frente ao prédio do seu namorado, esperando ele abanar da janela? Você escreveria para seu marido um bilhete com dois quilômetros de comprimento, escrito de ponta a ponta "te amo, te amo, te amo"? Você arrancaria um pedaço da camiseta dele com os dentes, choraria convulsivamente ao vê-lo sorrir, passaria fome e frio em troca de um rabisco feito por ele? Se ele fosse o Ricky Martin, sim.

Mulher nenhuma faz pelo Zé que tem em casa o que faz pelo Fábio Assunção, pelo Rodrigo Santoro ou pelo Maurício Mattar. Amor de fã é passional, ardente, insaciável. Elas fazem qualquer coisa por um homem que nunca viram antes, que não sabem se é bom ou mau caráter, se tem calos nos pés ou se limpa o nariz na manga da camisa. Apaixonam-se por uma figura idealizada, por um príncipe de faz de conta, e assim compensam suas carências.

Quando vi milhares de pessoas, mulheres a maioria, fazendo vigília em frente ao hospital onde esteve internado o falecido cantor Leandro, pensei: será que elas fariam a mesma coisa por um pai, por um irmão, por um marido? Passariam em claro tantas noites, se ajoelhariam na calçada, se desesperariam dessa maneira? Desconfio. O sentimento que temos por nossos familiares é muito mais complexo: são relações de amor e ódio. A convivência humana é implacável. Por mais que amemos quem está próximo de nós, acreditamos que ouvir suas críticas e reclamações, vivenciar sua ironia e descaso, aguentar seus hábitos e manias, tudo isso vale como cota de sacrifício. Em caso de doença, não carece cair de joelhos na calçada, basta rezar uma Ave-Maria em casa.

Com nosso ídolo é diferente. Ele é lindo, rico, afetuoso, só tem qualidades. Facilmente o confundimos com os papéis que representa, com a música que canta. Ele nunca chegou atrasado a um compromisso com você, nunca chutou o seu cão, nunca roncou, nunca a decepcionou, simplesmente porque nunca se relacionou com você: é um amor unilateral e fantasioso. Você projeta no seu ídolo as qualidades que não vê em quem está a seu lado e entra em surto quando tem a chance de receber dele algo real, nem que seja um autógrafo ou um fio de cabelo. Pecado não é, mas quem dorme sob nosso teto todos os dias deveria merecer, no mínimo, a mesma devoção.

Agosto de 1998

Grávidos

Uma das maiores audiências do programa do Ratinho foi no dia em que ele entrevistou um homem que julgava estar grávido. Uma das maiores bilheterias de Schwarzenegger foi quando ele protagonizou um homem esperando nenê no filme *Junior*. Homens grávidos mexem com nossa imaginação. E se fosse verdade?

Ele chega em casa com o resultado do laboratório na mão e uma lágrima escorrendo pelo rosto: o teste deu positivo. A mãe da criança abraça-o com entusiasmo, mas em seguida se afasta para proteger a barriguinha do marido, mesmo que ainda não se note nada. "Querido, é o maior presente que você podia me dar." Ele quer comemorar, abre uma cerveja, mas ela lembra que ele deve parar de beber. E de fumar. E não deve cometer excessos, como correr no parque, jogar tênis e sinuca. "Nem sinuca"? E também não pode se emocionar: o futebol será vetado nos próximos meses. Outra lágrima escorre pelo seu rosto. "É emoção", mente o gestante.

Dia seguinte, reunião no escritório. Sete executivos em volta de uma mesa. É a vez dele, como gerente de marketing, expôr aos clientes a estratégia de lançamento do novo produto da empresa. Ele está confiante no projeto mas não consegue conter a náusea. Seu estômago embrulha. O cheiro do cafezinho faz ele pensar em correr para o banheiro. Sua camisa está empapada. Pede licença e retira-se às pressas. Alguém salva o colega: "É que ele está grávido". Ah, bom. Um cliente confessa: "Já estou com 34 anos, quero engravidar o mais rápido possível". O outro emenda: "E eu que passei por três cesarianas! Mas só enjoei na gravidez do caçula". E a reunião segue nesse tricô.

Oito meses depois, a barriga já não permite que o futuro papai feche seu paletó de três botões. Quando vai ao banco, é encaminhado para o caixa sem precisar entrar na fila. No guichê, a funcionária tenta ser simpática: "Barriga pontuda: é um menino". Ele sorri e nega. A ultrassonografia acusou uma menina. "É sua primeira?" Ele assente. "Vai tomar anestesia no parto, né? Se fosse você, eu tomava." Ele sente um arrepio, e não é por causa do saldo.

Passam-se 30 dias e ele está deitado, lendo o livro do Dr. Delamare, quando sente o lençol úmido. A bolsa estourou! No caminho para o hospital, faz a esposa jurar que não vai sair do lado dele nem um minuto. "Quero que você segure a minha mão." Ela sorri, emocionada. Ele sorri, apavorado.

Sou defensora da igualdade entre os sexos mas não sou fanática. Eles não precisam engravidar para sentirem-se pais de verdade. A gente se encarrega disso. Homens têm a vida inteira para gerar seus filhos. Crianças não nascem prontas: papai tem muito tempo para mostrar a que veio.

Agosto de 1998

Liberdade vigiada

Nove anos sem poder comprar pão na esquina. Nove anos sem dar uma caminhada no parque. Nove anos sem ir à praia. Nove anos sem deixar o carro num lava rápido. Sim, é um presidiário, mas não um criminoso. Estou falando de alguém que nunca foi para a cadeia, mas que passou os últimos nove anos confinado. Salman Rushdie, o próprio. O homem mais perseguido do mundo.

Para refrescar a memória: em 1989, o ainda vivo aiatolá Khomeini emitiu uma condenação de morte contra o escritor Salman Rushdie por considerar que seu livro, *Os Versos Satânicos*, blasfemava contra o islamismo, e estipulou uma recompensa para quem matasse o escritor, não importa como, não importa onde. Uma mega-sena acumulada para quem quisesse arriscar-se no papel de assassino por um dia. Como de louco esse mundo está cheio, Salman Rushdie achou por bem fazer um resguardo, e nunca mais pegou um solzinho. Trocava de endereço com regularidade para despistar os fanáticos e só dava entrevistas em lugares ultrassecretos, sob intensa proteção policial. Em 1985 chegou a ser convidado para a Feira do Livro de Santiago do Chile e, para desespero dos carabineros locais, aceitou o convite. Mas ninguém pôs os olhos no homem. O governo chileno ficou tão alarmado com a possibilidade de um atentado em seu país que o sistema de segurança foi de um extremismo de dar inveja ao aiatolá. O escritor passou trancado no hotel e, se viu a cordilheira dos Andes, foi da janelinha do avião.

Pois semana passada Salman Rushdie recebeu seu alvará de soltura. O presidente do Irã, Mohammad Khatami, retirou seu apoio ao decreto que perseguia Rushdie, num importante passo para melhorar as relações diplomáticas com a Grã-Bretanha e, consequentemente, com toda a União Europeia. A pergunta é: fanatismo tem volta?

Tanto não tem que alguns radicais muçulmanos já declararam que a condenação é irrevogável, e uma fundação iraniana, sem vínculo com o governo, garante que paga os 2,5 milhões de dólares prometidos para quem apagar o desaforado. Rushdie, no entanto, cansou da brincadeira de gato e rato e já anda borboleteando por Carnaby Street.

Foi dada uma solução política para um impasse religioso. São duas áreas que geralmente se entendem, mas não numa sociedade intolerante e cega em sua devoção. Fanáticos não pensam: executam. São robotizados desde criancinhas. Entendo que ficar trancado entre quatro paredes não é vida. Salman Rushdie vai aproveitar essa trégua para tirar o mofo e aproveitar um pouco a fama que o episódio lhe trouxe, mas é ilusão achar que um decreto presidencial tem o mesmo poder que Alá. Que Rushdie viva 100 anos, mas eu não tiraria o colete à prova de balas nem para dormir.

Setembro de 1998

Beijo na boca

Uma vez a atriz e cineasta Carla Camuratti declarou, numa entrevista, que um bom beijo é melhor do que uma transa insossa. Quando a escutei dizendo isso, pensei: "então não sou só eu". Estou com Carla: o beijo é a parte mais importante da relação física entre duas pessoas, e se ele não funcionar, pode desistir do resto.

A Editora Mandarim acaba de lançar um livro que reúne ensaios de diversos intelectuais a respeito do assunto. O nome do livro é *O beijo – Primeiras lições de amor, história, arte e erotismo*. Os autores discutem o beijo materno, o beijo nos contos de fadas, o beijo traiçoeiro de Judas, os primeiros beijos impressos em cartazes, o beijo na propaganda, o mais longo beijo do cinema e todas as suas simbologias. Às vezes o livro fica prolixo demais, mas ainda assim é um assunto tentador.

Todo mundo sonha com aquele beijo made in Hollywood, que tira o fôlego e dá início a um romance incandescente. Pena que nem sempre isso aconteça na vida real. O primeiro beijo entre um casal costuma ser suave, investigativo, decente. Aos pouquinhos, no entanto, acende-se a labareda e as bocas dizem a que vieram. Existe um prazo para isso acontecer: entre cinco segundos depois do primeiro roçar de lábios até, no máximo, cinco dias. Neste espaço de tempo, ainda compreende-se que os beijos sejam vacilantes: tratam-se de duas pessoas criando um vínculo e testando suas reações. Mas se a decência persistir, não espere ver estrelinhas na etapa seguinte. A química não aconteceu.

Beijo é maravilhoso porque você interage com o corpo do outro sem deixar vestígios, é um mergulho no escuro, uma viagem sem volta. Beijo é uma maneira de compartilhar intimidades, de sentir o sabor de quem se gosta, de dizer mil coisas em silêncio. Beijo é gostoso porque não cansa, não engravida, não transmite o HIV. Beijo é prático porque não precisa tirar a roupa, não precisa ligar no dia seguinte, não constitui atentado ao pudor. E sem essa de que beijo é insalubre porque troca-se até 9 miligramas de água, 0,7 grama de albumina, 0,18 de substâncias orgânicas, 0,711 miligrama de matérias gordurosas e 0,45 miligrama de sais, sem contar os vírus e as bactérias. Quem está preocupado com isso? Insalubre é não amar.

Setembro de 1998

Pobre Ratinho rico

Cyborg era um homem de seis milhões de dólares, e isso parecia, na época, dinheiro que não acabava mais. Pfiu, escreveria o finado Francis. Perto do Ratinho, Cyborg é um indigente.

Já escrevi sobre o fenômeno chamado Carlos Massa, um apresentador que confunde popularização com grossura, que diz que cultura não serve para nada e que atrai audiência mostrando na telinha pessoas com deformidades que fariam os maquiadores do filme Alien devolverem seus Oscars. Agora esse baluarte da ignorância e da apelação trocou de emissora por um salário mensal de mais de um milhão de reais, incluindo aí faturamento em merchandising. O ás que ele tem na manga: carisma.

Chico Buarque não ganha isso, nem Fernanda Montenegro, nem João Cabral de Melo Neto. Não ganham isso os maiores empresários do país, nem o presidente. Não ganham isso os médicos que salvam vidas, os agricultores, os professores. Ninguém que seja fundamental para a sociedade recebe por mês um milhão de reais, nem cem mil, nem dez: é gente que estuda, lê, viaja, aprende, atualiza-se e dá um duro danado para pagar as contas, mas que gera dividendos sociais, enquanto o que se quer é cash.

Dinheiro chama dinheiro. Hoje só é valorizado quem tem talento para encher cofres alheios. Quem consegue vender bonecas, como Angélica, quem consegue vender revistas, como Carla Perez, quem consegue fundar templos rentáveis, como Edir Macedo. Enfim, quem tem uma imagem hipnótica e um conteúdo invisível.

É justo que Ronaldinho, Madonna e Michael Jordan ganhem seus milhões. Ninguém chega tão longe através apenas de um marketing bem feito. Eles também geram dinheiro para os outros, mas fazem isso incentivando o esporte, a música, a alegria. É a indústria do lazer, tão fundamental quanto educação e saúde. Mas que um Ratinho ganhe mais do que todos eles convocando pobres coitados para brigarem ao vivo como galos de rinha, que fature em cima de pessoas portadoras de anomalias com o pretexto de estar ajudando a quem precisa, que seja tão bem pago para alienar e incentivar a agressividade física e verbal, que ganhe espaço na mídia para vangloriar-se por nunca ter lido um livro na vida, é desanimante. Se ele tem tanta audiência é porque existe muita gente analfabeta nesse país, e vai continuar existindo enquanto nossos ídolos forem tão carismáticos e medíocres. Pessoas como o Ratinho têm todo o direito de subir na vida, com ou sem estudo. É um homem honesto, autêntico e está trabalhando, não roubando, mas infeliz do país que tem um raro cidadão ganhando um milhão de reais por mês sem que um único centavo dessa quantia seja gasto numa livraria, num museu, num espetáculo de dança. Isso é que é pobreza.

Setembro de 1998

O lugar ideal

Coisa de um mês atrás participei de um programa de televisão que discutia qual seria o lugar dos sonhos, a Pasárgada de cada um. Paris? Um chalé nas montanhas? Um loft no Village, em Nova York? Vamos descer das tamancas. O melhor lugar do mundo é a casa da gente, mesmo com aquela infiltração no banheiro.

A casa da gente não precisa ser necessariamente uma casa. Pode ser um barco, como o que foi adotado pela família Schürmann. Pode ser o apartamento da mãe, preferência nacional dos recém-divorciados. Pode até ser um trailer estacionado no deserto. O importante é que caibam nossos filhos, nossa intimidade e nossa fantasia, que merece seu espaço.

Ainda não fui visitar a CasaCor desse ano, mas pretendo. Independente de ser uma exposição comercial, que gera negócios entre arquitetos, decoradores e lojistas, a CasaCor estimula os visitantes a verem suas casas não como quartéis-generais feitos para dormir e dar plantão, mas como locais idílicos, cenários de felicidade doméstica. É claro que não vamos colocar um computador em cada aposento, não vamos comprar todos aqueles objetos de arte nem equipar nossa cozinha com o melhor da tecnologia alemã, até porque nossa verba é nacional. Não é essa a proposta. A CasaCor funciona como os desfiles de moda das grandes grifes. Ninguém precisa usar o vestido transparente que foi mostrado na passarela: o que se quer é apenas transmitir prazer e liberdade. É inspirar uma sofisticação que cada um, na vida real, traduzirá do seu jeito.

Bastam uma mesa, quatro cadeiras, um sofá, cama e armários para mobilizar uma casa. É verdade. Mas é preciso um pouco de alma se quisermos esquentar o ambiente. Livros, plantas, retratos, panos, tapetes, abajures, gravuras, velas, música, janelas, almofadas. Sim, alma se compra, e não sai tão caro.

Pasárgada é uma casa que dê vontade de voltar ao fim de um dia estafante. Pasárgada é uma casa silenciosa quando queremos meditar, barulhenta quando queremos receber os amigos, uma casa que reconheça a nossa voz. Pasárgada é uma casa que respire, que tenha cheiro de comida, cheiro de flor, cheiro de banho tomado. Pasárgada é uma casa onde o telefone não toque tanto, onde Chet Baker toque muito. Pasárgada é uma casa onde cada objeto tenha uma origem, onde nada seja gratuito. Pasárgada pode ser em Roma ou São Sepé, num barco ou em terra firme, mas tem que ter a cara da gente, tem que acolher nossos defeitos e virtudes. E ser ainda melhor que a CasaCor, menos perfeita, mais cheia de pó e história.

Setembro de 1998

Quem tem medo de Alain de Botton?

Alain de Botton não é um completo desconhecido: é um suíço radicado em Londres que lançou ano passado, no Brasil, o livro *Ensaios de amor*, e que repete a dose, agora, com o seu *O movimento romântico*, promessa de um novo sucesso editorial.

A crítica gosta dos livros de Botton, mas com reticências. Muitos acham que o escritor é apenas um produto bem divulgado da Cool Britannia, o movimento renovador da cultura inglesa que endeusa bandas como o Oasis e que tem como expoente o primeiro-ministro Tony Blair. Apenas isso? Acho que é mais do que isso.

Alain de Botton é um extraterrestre: um homem que gosta de discutir a relação. As mulheres curvam-se aos seus pés, os homens olham enviesado. *O movimento romântico* é quase uma continuação de *Ensaios de amor*, só mudam os nomes dos personagens. O que importa é o que acontece entre eles. Botton monta e desmonta o quebra-cabeças do amor com habilidade cirúrgica. Está tudo ali: a banalização dos sentimentos, os mal-entendidos e suas entrelinhas, a idealização, a influência que os ícones românticos exercem sobre nós, os questionamentos sobre a própria identidade, o desequilíbro de poder (quando um ama mais do que o outro), o ceticismo de quem tem medo de se apaixonar, a nudez emocional feminina e outras armadilhas. Um manual de autoajuda? Nenhum parentesco. Alain de Botton tem duas armas secretas que elevam o status de seus livros.

O primeiro é que ele nunca resume seus pontos de vista baseando-se na experiência de um casal que interage apenas entre si: ele cria triângulos amorosos para melhor defender suas teses, abrindo o leque das especulações. O que é considerado infantilidade pela ótica de um parceiro pode ser considerado maturidade pela ótica de outro, estimulando a busca pela verdade. O recurso não é novo: até as telenovelas fazem isto, mas é aí que entra a segunda arma secreta.

O filósofo preferido de Alain de Botton não é Gilberto Braga. Durante o livro inteiro ele cita Platão, Schopenhauer, Nietzsche e Pavlov como se fossem a sua turma de bar. Tudo com pertinência e, aleluia, simplicidade. Os livros encurtam a distância entre filosofia e vida real e nos oferecem verdadeiros achados, seja uma análise pouco convencional sobre o comportamento de Madame Bovary, seja a função social das telas de Andy Warhol. Tudo ganha uma lógica atraente e inovadora, e nem é preciso doutorado para entender.

Não há razão para ter medo de gostar de Alain de Botton. Ele mesmo defende a ideia de que não se deve ler um livro para tirar uma lição. Livros não têm uma finalidade, como os aspiradores de pó. *Ensaios de amor* e *O movimento romântico* são entretenimento e dissecação. Redimem nossas piores fraquezas, afagam nossas melhores intenções e, diante do quadro desestabilizante das idas e vindas amorosas, nos dão vontade de continuar a tentar.

Setembro de 1998

Censo interno

Quantos somos dentro de nós? Cada pessoa é habitada por diversas personalidades, e aí talvez esteja a origem da nossa angústia existencial. Todos exigem de nós uma classificação, um currículo de qualidades e defeitos que possam ser descritos em poucas linhas. No entanto, a contradição é nossa única marca registrada.

Você é moderno? Vejamos. Você lida bem com informática e tecnologia em geral, tem estilo para se vestir, é bem informado, frequenta turmas ecléticas, faz turismo ecológico e seu espremedor de frutas tem design de Philip Stark. Você dá a impressão de ser a vanguarda em pessoa, mas acha deprê os filmes do Tarantino, chama o pai de senhor, cultiva samambaias e seus ídolos são Joan Baez e Emilio Santiago. Mezzo moderno, mezzo parado no tempo.

Você é mão aberta? Pergunte para suas namoradas. Hotéis, só suites. Para beber, Dom Pérignon. Presentes, Van Cleef & Arples. Mas no dia a dia, quanta sovinice. Você analisa a conta do bar com uma calculadora em punho e arma um escândalo quando descobre que erraram no preço: cobraram 0,65 centavos por uma água mineral que, segundo o cardápio, custa 0,64. Ladrões! E você salta do táxi duas quadras antes para economizar na bandeirada, mesmo que esteja chovendo granizo. Mezzo perdulário, mezzo avarento.

Somos corajosos para operar um tumor mas tomamos seis anestesias para tirar tártaro no dentista. Somos fãs da Madonna mas só transamos de luz apagada. Colocamos no carro o adesivo "Salve as Baleias" mas enxotamos aos pontapés o vira-lata que veio dormir na nossa porta num dia de chuva. Não perdemos o Manhattan Connection nem o programa da Hebe, gostamos de champanhe e Fanta Uva, gastamos uma nota numa Cherokee para pendurar fitinhas do Senhor do Bonfim no retrovisor. Mais: fazemos o rancho no Carrefour mas gastamos o dobro num único patê da Fouchon, negamos esmola no sábado e vamos à missa no domingo, somos simpatizantes do feminismo mas não gostamos da ideia de nossa filha de 19 anos ir morar sozinha. Você também? Bem-vindo ao clube.

Para muita gente, é difícil administrar tantos "eus" num único corpo. Ao depararmo-nos com nossas contradições diárias, ficamos com a impressão de sermos meio mascarados, pessoas de múltipla identidade, em quem não se deve confiar. Bobagem. Ninguém é 100% uma coisa só. A contradição é o sintoma de que você não para de se questionar, de que reavalia constantemente suas escolhas, de que optou pela flexibilidade e pela renovação de intenções. Nascer e morrer sem nunca mudar de ideia é muito monótono. Seja sempre você mesmo, mas não seja o mesmo para sempre.

Setembro de 1998

Mil vezes Clarice

Em dezembro do ano passado comemorou-se os 20 anos de sua morte. No entanto, Clarice Lispector nunca esteve tão viva nas bibliotecas, salas de aula, cabeceiras e palcos do país. Quem assistiu à peça *Clarice, Coração Selvagem*, encenada na última quinta-feira no Theatro São Pedro e protagonizada por Aracy Balabanian, clone da escritora, entendeu melhor a razão de Clarice Lispector ter se transformado no mito que é.

Perturbadora. Enigmática. Insolúvel. Hermética. Bruxa. Esses são alguns dos adjetivos que não desgrudam do seu nome. Nunca houve uma palavra, dita ou escrita por Clarice, que não funcionasse como um soco no estômago. Nada é fácil em sua obra, cada frase sua merece uma releitura, duas, três, até que a compreensão do que foi dito deixe de doer. No entanto, ela própria achava que escrevia de uma maneira simples, e de fato: para ela o simples escondia-se no hiato que existe entre uma coisa e outra. "Vou agora te contar como entrei no inexpressivo que sempre foi a minha busca cega e secreta. De como entrei naquilo que existe entre o número um e o número dois." Simples e enlouquecedor. Todos nós buscamos definições inatingíveis, que não se deixam capturar pelas mãos e muito menos pelas palavras. Clarice foi quem chegou mais perto.

Vida e obra de Clarice Lispector resumem-se a esta apreensão do instante, daquilo que existe entre o dia e a noite, entre o sim e o não, daquilo que Sartre chamou de "a náusea", daquilo que nos causa insônia e medo, daquilo que nos deixa no limiar da loucura, daquilo que nos faz lembrar que o mundo, afinal, não é assim tão bem costurado. "Não têm pessoas que cosem pra fora? Eu coso pra dentro."

Clarice Lispector é traduzida e estudada no Brasil e fora dele. Seus livros tornaram-se universais porque é universal a sua angústia, a sua maneira de refletir o revés do espelho. Do livro de contos *Laços de Família*: "A vida sadia que levara até agora pareceu-lhe um modo moralmente louco de viver". Qualquer um de nós, num exercício de livre pensar, concordará que as regras impostas pela sociedade, a obediência servil, a lobotomia autorizada com que conduzimos nossas vidas, tudo isso é muito mais demente do que seguir os próprios instintos e tentar iluminar o breu que há dentro de nós. Traduzindo para um exemplo banal: louco é Bill Clinton por obedecer a um desejo transgressor dentro da Casa Branca ou loucos somos nós de dar tanta atenção a um assunto que não nos diz respeito? Clarice Lispector definiria o affair presidencial assim: "Seu coração enchera-se com a pior vontade de viver".

Saber onde fica o norte e o sul, saber se amanhã vai chover, saber a parada do ônibus em que devemos saltar, tudo isso nos dá a falsa sensação de estarmos protegidos. No entanto, estaremos sempre em perigo enquanto soubermos tão pouco sobre nós mesmos. Clarice Lispector, em sua literatura de autoinvestigação, entendeu-se dentro do possível e aceitou-se no impossível. A plateia aplaude por dentro.

Setembro de 1998

O tarado americano

A única superpotência mundial está dando um show de comportamento politicamente incorreto. Nossos vizinhos do norte, recordistas em processos por assédio sexual, campeões em não humilhar as pessoas com palavras (negro é "afro-americano", branco é "pobre em melanina"), defensores vorazes dos bons costumes (proibiram a exibição do filme *Lolita* nos cinemas, liberando-o apenas para a tevê a cabo de madrugada), enfim, esses insuspeitos guardiões da moral acabam de revelar ao planeta que há, entre eles, um senhor que não obedece ao regulamento interno desse verdadeiro convento chamado Estados Unidos: Kenneth Starr é um tarado.

Quem deve possuir uma disfunção sexual é esse promotor obcecado, que tornou público via Internet (que não é exatamente uma mídia local) um processo com detalhes absolutamente íntimos, constrangedores e desnecessários para o esclarecimento do mais comentado caso de adultério envolvendo um chefe de Estado. Os habitantes dos cinco continentes sabem que Bill Clinton teve relações com a estagiária, e se isso é mesmo importante para o futuro da América, que se tomem as medidas de praxe, seja o impeachment ou um puxão de orelhas. Agora, divulgar onde ele colocou as mãos, onde ela colocou a boca, em que posição estavam, se ela gozou, se ele ejaculou, isso tudo é um desrespeito imperdoável com qualquer cidadão, seja ele o presidente de um país ou de uma escola de samba. Kenneth Starr deu a maior bandeira: deve ser um consumidor compulsivo de filmes pornôs e dormir de cinta-liga.

No enterro de François Mitterrand, lá estavam suas duas mulheres, a matriz e a filial, e a filha bastarda, todas enxugando as lágrimas no mesmo lenço. Juscelino Kubitschek teve uma amante descoberta pós-morte e seu currículo político segue intocado. Até hoje especula-se sobre um possível affair entre Tancredo Neves e sua secretária. Quem se importa? A princesa Diana revelou suas infidelidades pela tevê, em horário nobre, e segue bem cotada para canonização. Nada disso é exemplo de atitude, mas qualquer pessoa com um Q. I. médio sabe que de perto ninguém é normal, como sentenciou Caetano. É possível acabar com a inflação de um país, baixar as taxas de juros, aumentar os índices de alfabetização, dar saúde e emprego para todos sem, para isso, incluir nossa vida privada no pacote. O ser humano é falível, e falha mesmo. Menos mal quando falha no particular.

Não sou casada com Bill Clinton e em minha veias corre sangue 100% nacional, mas sei que o futuro da América mexe com a cotação das nossas ações na Bolsa e que o puritanismo doentio influencia nossas ações na vida. Sobra para todos nós. Que Clinton pague pelo erro de não ter escolhido uma garota discreta e que Kenneth Starr desfrute seu momento de glória, entrando para a história como o maior dedo-duro do século.

Setembro de 1998

O melhor presente

Fitas de vídeo, cd-roms, bonecas, livros, roupas: criança adora receber presente, e não raro interessa-se mais pelo pacote do que pelo conteúdo. Criança nasceu recebendo: a vida, o peito, a atenção. Desenvolve tendências egoístas e custa um pouco a repartir, até que acaba aprendendo que o mundo não gira em torno de si. Mas segue pedindo, pra não perder o hábito: quer o disco do Rodolfo & ET, quer um cachorrinho, quer a sandália da Angélica, quer a sua Caloi. Conforme o poder aquisitivo dos pais, levam. Mas no dia a dia o que as crianças mais precisam sai de graça e pode-se fabricar em casa: respostas.

Há uma corrente de pensamento por aí divulgando uma ideia inquietante: a de que a influência dos pais na formação dos filhos é mínima. Nossos filhos seriam fruto apenas da herança genética e das experiências que dividem com os amigos. Pai e mãe serviriam apenas para pagar as passagens para a Disney.

Trafego pelos dois universos, o de mãe e o de filha, e acho essa teoria um convite ao "lavemos as mãos". Educar filhos é uma tarefa estressante e ininterrupta. Muitos pais acham que basta ensinar-lhes as quatro palavrinhas mágicas – por favor, obrigado, com licença e desculpa – e do resto a Internet se encarrega. Mas que resto?

Os ídolos do seu filho são o Ratinho e a Carla Perez. Ele vê um tal Rafael, ex-artista, roubar para comprar drogas e com isso voltar ao estrelato. Seu filho brinca no computador sem desconfiar que outros meninos da idade dele não têm luz elétrica em casa. Seu filho quer saber se aborto é nome de ilha, se sexo é doce ou salgado e em que banda a Monica Lewinsky toca. Seu filho tem olhos, ouvidos e, lá dentro, neurônios. Ele sabe que a vida é o nosso brinquedo favorito e está louco para aprender a jogar.

As regras desse jogo são complicadas, e deixar que elas sejam ensinadas pelo destino, e só por ele, é um descompromisso imperdoável dos pais. Achar que nosso exemplo não serve pra nada, que nossas palavras serão sempre questionadas e que nossa severidade será confundida com desamor tem servido de justificativa para abandoná-los à própria sorte. Seria muito prático se nossos filhos fossem movidos à corda ou obedecessem a um controle remoto, podendo ser desligados quando estivéssemos cansados. Mas eles são pessoas de verdade, curiosas e apreensivas. Para eles não existe assunto proibido, a menos que a censura familiar seja instaurada. Suas intermináveis perguntas merecem respostas claras e orientadoras, sem preguiça de nossa parte. A vida é um jogo cheio de macetes: tem vezes em que a gente avança duas casas, tem vezes em que se é obrigado a voltar ao ponto de partida, tem hora que não se quer mais brincar. É difícil e não dura pra sempre, portanto, antes que eles dominem as regras, é bom não deixá-los jogando sozinhos. A vida é o único brinquedo que eles não podem estragar.

Outubro de 1998

Mulheres como vieram ao mundo

Um dos episódios do programa *Vida ao Vivo*, que vai ao ar todas as terças-feiras pela Rede Globo, fez muita mulher reconhecer-se na telinha. Um casal tipicamente urbano, vivido pelos atores Pedro Cardoso e Fernanda Torres, fica abandonado numa ilha deserta. Depois de alguns dias, o homem não reconhece mais a esposa. Tudo por falta de um secador de cabelos e de uma loja de departamentos. Confesse: seu marido também ficaria tentado a pedir sua carteira de identidade para comprovar se você é mesmo você depois de um mês de vida selvagem.

Nós, mulheres, temos um caso de fidelidade absoluta com a vaidade, o que, em hipótese alguma, pode ser considerado um defeito. O cinema, a propaganda, as revistas femininas, as novelas, tudo ordena: seja linda. E dá-lhe malhar na academia para ficar com o corpo da Carolina Ferraz e fazer escovas e luzes no cabelo para poder substituir Adriane Galisteu numa emergência. Isso sem falar em depilação, lifting, manicure, pedicure, maquiagem, bronzeamento artificial, hidratantes, tonificantes, sabonetes líquidos, sais de banho e quilos de Donna Karan no armário. Não existe mulher feia, existe mulher sem dinheiro. Agora tirem tudo isso de nós, de um golpe só. Imagine seu cabelo seguindo o destino que lhe compete: sem luzes, sem tintura, sem banho de creme, sem escova, sem silica, sem xampu. Melhor não entrar na área de serviço se é lá que você guarda a vassoura.

Seu rosto do jeito que você acorda todo dia: sem Lancôme, sem Natura, sem Clarins, sem Clinique, sem Shiseido, sem Estée Lauder, sem Helena Rubinstein, sem O Boticário. Nem um rimelzinho, nem um pó compacto, nem um brilhinho nos lábios. Nenhum problema, desde que você tenha 12 anos.

Seu corpo como Deus lhe deu: nenhum aparelho de musculação, nenhuma bicicleta ergométrica, nenhuma cancha de paddle, nenhuma japonesa para lhe fazer massagem ou personal trainer à vista. Nada de sacarina, sutiãs Wonderbra, meias-calças transparentes e, castigo pior, nenhuma gilete ou creme depilatório: você não está perdida na selva, você é a selva.

Agora só falta enrolar-se numa casca de banana, numa folha de parreira ou num saco de aniagem. Sim, darling, não há um único shopping num raio de mil quilômetros, nem ao menos uma loja de 1,99. Esqueça seus pretinhos básicos, agora é tudo cor da pele: você está nua. Cabelos grisalhos, cara lavada, pernas e axilas cabeludas, cutículas salientes e bolhas nos ombros, porque se você bem lembra, estamos falando de ilhas desertas, onde nao existe filtro solar. Menos mal que espelhos também não.

Outubro de 1998

35 anos para ser feliz

Uma notinha instigante na *Zero Hora* de 30/09: foi realizado em Madri o Primeiro Congresso Internacional da Felicidade, e a conclusão dos congressistas foi que a felicidade só é alcançada depois dos 35 anos. Quem participou desse encontro? Psicólogos, sociólogos, artistas de circo? Não sei. Mas gostei do resultado.

A maioria das pessoas, quando são questionadas sobre o assunto, dizem: "Não existe felicidade, existem apenas momentos felizes". É o que eu pensava quando habitava a caverna dos 17 anos, para onde não voltaria nem puxada pelos cabelos. Era angústia, solidão, impasses e incertezas pra tudo quanto era lado, minimizados por um garden party de vez em quando, um campeonato de tênis, um feriadão em Garopaba. Os tais momentos felizes.

Adolescente é buzinado dia e noite: tem que estudar para o vestibular, aprender inglês, usar camisinha, dizer não às drogas, não beber quando dirigir, dar satisfação aos pais, ler livros que não quer e administrar dezenas de paixões fulminantes e rompimentos. Não tem grana para ter o próprio canto, costuma deprimir-se de segunda a sexta e só se diverte aos sábados, em locais onde sempre tem fila. É o apocalipse. Felicidade, onde está você? Aqui, na casa dos 30 e sua vizinhança.

Está certo que surgem umas ruguinhas, umas mechas brancas e a barriga salienta-se, mas é um preço justo para o que se ganha em troca. Pense bem: depois dos 30, você paga do próprio bolso o que come e o que veste. Vira-se no inglês, no francês, no italiano e no iídiche, e ai de quem rir do seu sotaque. Não tenta mais o suicídio quando um amor não dá certo, enjoou do cheiro da maconha, apaixonou-se por literatura, trocou sua mochila por uma Samsonite e não precisa da autorização de ninguém para assistir ao canal da Playboy. Talvez não tenha se tornado o bambambã que sonhou um dia, mas reconhece o rosto que vê no espelho, sabe de quem se trata e simpatiza com o cara.

Depois que cumprimos as missões impostas no berço – ter uma profissão, casar e procriar – passamos a ser livres, a escrever nossa própria história, a valorizar nossas qualidades e ter um certo carinho por nossos defeitos. Somos os titulares de nossas decisões. A juventude faz bem para a pele, mas nunca salvou ninguém de ser careta. A maturidade, sim, permite uma certa loucura. Depois dos 35, conforme descobriram os participantes daquele congresso curioso, estamos mais aptos a dizer que infelicidade não existe, o que existe são momentos infelizes. Sai bem mais em conta.

Outubro de 1998

Dois governadores e um Rio Grande

Faltam apenas quatro dias para escolhermos o nosso futuro governador. A maioria dos eleitores já tem candidato, mas sinto no ar um clima de indecisão, que nada tem a ver com a dúvida sobre quem vai receber nosso voto, mas sobre quem não vai: precisamos dos dois.

Tanto o programa de governo de Olívio quanto o de Britto abrangem os principais problemas do Estado, mas cada candidato elegeu prioridades. Um pretende concentrar os investimentos no homem do campo, fortalecendo a agricultura e gerando empregos nas pequena e média empresas. O outro pretende seguir o programa de privatizações e continuar atraindo capital estrangeiro para desenvolver nossa indústria e assim, também, gerar emprego. Pode-se prescindir de um desses programas?

São dois homens bem preparados e com bons projetos para desenvolver o Rio Grande do Sul. Nunca os veremos partilhando a mesma legenda ou o mesmo palanque, são absolutamente diferentes na sua trajetória política e nos seus pontos de vista, mas ainda assim me parecem, ambos, vitais. Não estou pensando em fazer uni-duni-tê na frente da urna: cada candidato busca o desenvolvimento por um caminho, e o caminho de um me agrada mais do que o de outro. Mas estou consciente de que tudo o que está sendo proposto tem que ser feito, não importa de quem virá a canetada. Agricultura ou indústria? Uma escolha de Sofia.

Estão todos chutando para o mesmo gol. O que muda é o estilo do drible, a rapidez da arrancada, a técnica de cada jogador, mas o objetivo é o mesmo. Gerar novos empregos, por exemplo, é o gol olímpico que todos querem marcar. Todos: Britto, Olívio, Covas, Maluf, Joaquim Roriz, Cristovam Buarque, Fernando Henrique, Tony Blair, Yeltsin, e a lista não termina. O problema do desemprego não tem dono, é consequência de uma brutal revolução tecnológica e das novas regras de produção. Está funcionando? Mal e porcamente. As cidades estão evoluindo na mesma medida em que as pessoas estão agonizando. Ninguém acha que o mundo virou a ilha da fantasia, mas só conseguirá vencer essa crise e retomar o desenvolvimento humano quem encontrar soluções locais que possam ser compartilhadas.

O que espero do candidato que for eleito é que, não precisando mais agredir, ironizar ou enfraquecer a imagem pública do seu oponente, tenha a inteligência de assimilar as boas ideias que ouviu durante a campanha. Caso contrário, será um governador pela metade.

Outubro de 1998

A necessidade e o acaso

Lendo as mensagens deixadas pelos leitores da coluna que escrevo para o site Almas Gêmeas, do Zaz, fui atingida por uma pergunta à queima-roupa: a necessidade cria o amor ou ele existe? A questão é delicada e conduz a uma resposta que confunde mais do que explica. Sim, o amor existe. Sim, a necessidade cria o amor.

Na verdade, fomos condicionados pela sociedade e seus contos de fadas a acreditar que o amor é uma coisa que acontece quando menos se espera, que domina nosso coração, que interrompe nossos neurônios e nos captura para uma vida de palpitações, suspiros e lágrimas. Que o amor não tem idade, não tem hora pra chegar, não tem escapatória. Que o amor é lindo, poderoso e absoluto, que vence todos os preconceitos, que vence a nossa resistência e ceticismo, que é transformador e vital. Esse amor existe e ai de quem se atrever a questioná-lo, avisam os deuses lá em cima.

Rendo-me. Esse amor existe mesmo, é invasivo e muitas vezes perverso, mas também pode ser discreto, sereno e indolor. Costuma acontecer ao menos uma vez na vida de todo ser humano, ou pode acontecer todo final de semana, se for o caso de um coração insaciável. Mas também pode acontecer nunquinha, e aí a outra verdade impera.

Sim, a necessidade também cria o amor. A pessoa nasce idealizando um parceiro para dividir a janta e as agruras, a cama e as contas, os pensamentos e os filhos. Passam-se os anos e esse amor não sinaliza, não se apresenta, e o relógio segue marcando as horas, lembrando que o tempo voa. Esse ser solitário começa a amar menos a si mesmo, pelo pouco alvoroço que provoca à sua volta, e a baixa autoestima impede a passagem de quem quer se aproximar. É um círculo vicioso que não chega a ser raro. Qual a saída: assumir a solidão ou usar a imaginação?

O nosso amor a gente inventa, cantou Cazuza. A necessidade faz quem é feio parecer um deus, quem é tímido parecer um sábio, quem é louco parecer um gênio. A necessidade nos torna menos críticos, mais tolerantes, menos exigentes, mais criativos. A necessidade encontra sinônimos para o amor: amizade, atração, afinidade, destino, ocasião. A necessidade nos torna condescendentes, bem-humorados, otimistas. Se a sorte não acenou com um amor caído dos céus, ao menos temos afeto de sobra e bom poder de adaptação: elegemos como grande amor um amor de tamanho médio. O coração também sobrevive com paixões inventadas, e não raro essas paixões surpreendem o inventor.

O amor pode ser casual ou intencional. Se nos faz feliz, é amor igual.

Outubro de 1998

O homem e a mulher da sua vida

Minha cara-metade. O outro pedaço da minha laranja. O amor da minha vida. É assim que eles costumam se apresentar. Patrícia é a mulher da minha vida. Ricardo é o homem da minha vida. Juntos há 25 anos. Não é uma sorte Patrícia e Ricardo terem nascido no mesmo século, no mesmo país, na mesma cidade?

Fátima Bernardes é a mulher da vida de William Bonner. Edson Celulari é o homem da vida de Claudia Raia. Malu Mader é a mulher da vida de Tony Belotto. Casais bacanas, que parecem mesmo terem sido feitos uns para os outros. Mas se for verdade essa história de que existe alguém predestinado para ser nosso e nos fazer feliz, não seria uma tremenda coincidência o fato de, entre os bilhões de habitantes da Terra, termos cruzado com ele justo na casa da nossa prima?

Costumamos chamar de "homem da minha vida" ou "mulher da minha vida" o nosso primeiro amor, ou o primeiro amor que deu certo, a pessoa que, entre todas as que a gente namorou, melhor nos entendeu, mais nos completou. É o principal amor de uma vida restrita a uma única cidade, vivida no mesmo bairro, frequentando as mesmas ruas e o mesmo clube. Um amor pinçado de uma pequena amostra do universo.

Mas se tivéssemos acesso ao universo inteiro, seria esse o amor eleito?

O homem da sua vida pode estar em Macau, em Helsinque, ou em Fernando de Noronha, fazendo mergulho submarino. O homem da sua vida pode ter nascido em 1886 e não estar mais entre nós. O homem da sua vida pode ser um economista, um guia turístico, um corredor de maratona. Pode ser um artista gráfico canadense de 49 anos que ainda está solteiro porque sente, dentro do peito, que ainda não conheceu a mulher da vida dele, que é você, que mora em Jericoacoara, tem 24 anos, está noiva do Zé e nem morta coloca os pés num avião.

A mulher da sua vida tanto pode ser uma cabeleireira da Baixada Fluminense como pode ser a Michelle Pfeiffer. Como você vai saber, se não conhece uma nem outra? A mulher da sua vida pode estar ainda na barriga da mãe. Pior: pode ser essa mãe, grávida de um guitarrista que nem sonha que você está de olho na mulher dele.

Basta de fantasia. A mulher e o homem da nossa vida é quem está à mão e nos faz feliz, mas uma pulga atrás da orelha volta e meia nos faz pensar: alguém, em algum ponto do planeta, ainda estará a nossa espera?

Outubro de 1998

Verdades e mentiras

Um dos comerciais mais premiados da história da propaganda brasileira mostrava no vídeo a silhueta de um homem, enquanto o texto dizia mais ou menos isso: "Iniciou-se cedo no estudo das artes. Gostava imensamente de cães, ouvia música clássica e reunia-se com crianças e gente do povo. Quando no governo, reorganizou as finanças, abriu estradas e transformou o país numa grande potência. Em seu testamento, deixou dito que somente o amor e a lealdade lhe guiaram os pensamentos e ações em vida. Horas antes de morrer concordou em se casar com a mulher que sempre lhe fora fiel". Ao término do texto, conseguíamos ver o rosto do dono de tão nobre biografia: Adolf Hitler. O comercial, que era assinado por um jornal de São Paulo, terminava com a seguinte conclusão: é possível dizer um monte de mentiras falando só a verdade.

Os chilenos conhecem bem essa mágica. Augusto Pinochet: 83 anos daqui a duas semanas, casado com Dona Lucia, pai de cinco filhos, católico. Em seu discurso de despedida do cargo de Chefe do Exército, em março desse ano, disse que servir à pátria era sua única razão de ser. Enquanto esteve no poder, de 1973 a 1990, construiu a Carretera Austral, que interliga todo o país, e liderou a reconstrução social, política e econômica do

Chile, fazendo a transição para o regime democrático e entregando a Patricio Aylwin, presidente eleito, um país desenvolvido e modernizado. Tudo verdade. Tudo mentira.

Os chilenos hoje dividem-se entre aqueles que enxergam o lado bom do regime ditatorial de Pinochet e aqueles que reconhecem que nenhum lado bom vale uma vida humana. Não há estrada que compense uma tortura, não há investimento estrangeiro que pague o desaparecimento de milhares de pessoas, não há progresso que justifique um único assassinato político.

Nem mesmo a democracia chilena é o que aparenta ser. Nenhum país é 100% democrático se precisa negociar com as Forças Armadas o dia de amanhã. Surgiu, agora, a chance de se fazer justiça e de o Chile virar uma nação realmente livre, e sem precisar sujar as mãos. Pinochet foi entregue a julgamento público internacional, acusado de lesar a humanidade. Diplomaticamente, o governo chileno mobiliza-se em favor do seu ex-presidente e atual senador vitalício, mas, no íntimo, todos sabem que essa é uma oportunidade de ouro para resgatar a honra chilena e alertar os ditadores à solta de que certos crimes não prescrevem. Aos que acham que o velhinho, já com a saúde debilitada, merece ser deixado em paz, não custa lembrar que as mães dos desaparecidos, também velhinhas, também com a saúde debilitada, jamais saberão o que é paz enquanto mentiras valerem mais que a verdade.

Outubro de 1998

Não dançando conforme a música

Outro dia comentei o resultado de um congresso realizado em Madri, em que foi concluído que a maioria das pessoas só é feliz depois dos 35 anos. Especulei que a razão disso talvez fosse o fato de, nessa idade, já termos cumprido as missões impostas no berço (profissão, casamento e filhos) e que a partir daí estaríamos livres para escrever nossa própria história.

Volto ao assunto depois de ver *Dança comigo?*, um filme comovente que retrata um pouco essa situação. É a história de um homem de 40 anos, casado, com uma filha e cuja rotina resume-se a acordar às cinco e meia da manhã, pegar o metrô, trabalhar num emprego burocrático para pagar o financiamento da casa recém-adquirida e voltar à noite para o convívio da família, cansado e sem motivação.

Milhares de homens e mulheres no mundo todo vivem essa rotina acachapante, sentindo-se presos a um projeto de vida que deu certo, mas que segue deixando a sensação de inacabado. O que fazer com o resto de vida que nos sobra? Depois da missão cumprida, é hora de escapar para dentro de si mesmo e descobrir aquilo que aguarda ansiosamente ser transgredido.

O filme se passa no Japão, um país com uma cultura diferente da ocidental. Lá os casais não costumam manifestar afeto em público, e isso inclui dançar juntos. Não pega bem. Pois o personagem do filme, enclausurado no seu cotidiano claustrofóbico, resolve ter aulas de dança escondido da família, atraído por uma bela professora que viu de relance e pela necessidade de dar um sentido à sua vida padronizada. O filme não tem nenhum apelo erótico, nem violência, nem Mel Gibson ou Winona Ryder. É de uma sensibilidade que dispensa dublês e trilhas compostas por Céline Dion. Trata-se da história de um homem iniciando um caso de amor consigo mesmo.

Quando falamos em transgressão, nos vêm à cabeça coisas ilícitas, como usar drogas ou estacionar em local proibido. Transgredir não significa apenas violar a lei, mas ultrapassar as barreiras que nós mesmos nos impusemos. Para o personagem do filme foi aprender a dançar. Para você pode ser aprender a tocar violoncelo depois de se aposentar, passar seis meses purificando-se na Índia, ter aulas de pintura, adotar uma creche, praticar ioga, voar de planador ou morar sozinho depois de uma vida inteira compartilhada. Qualquer coisa que oportunize uma olhada para dentro, que atenda a um impulso espontâneo, que obedeça a algum desejo tão submerso que nem você acreditava que ainda respirasse.

Casamento, filhos e casa própria é uma realização legítima e importante na vida de todo mundo, e pode até ser uma senhora transgressão para quem passou a primeira metade da vida na estrada, dormindo cada noite num lugar e com uma namorada em cada porto. O segredo está em não obrigar-se a cumprir um pacto que já prescreveu, em não manter-se sempre igual apenas por respeito a uma biografia que foi previamente escrita. Ao menos uma vez é preciso sentir a magia e a doçura de um passo de dança executado fora do compasso.

Novembro de 1998

Televisão: a nova casa do Senhor

Ele é o novo ídolo brasileiro. Olhos verdes, 31 anos, solteiro, quase dois metros de altura, ex-professor de educação física. Canta. Dança. Faustão fez uma longa reportagem com ele. Ratinho o levou no seu programa. Gugu o colocou no palco ao lado de Leonardo, e por um momento parecia que Leandro havia sido substituído. Cantaram juntos. O auditório em pé, acompanhando letra e coreografia. É um fenômeno, o padre Marcelo.

Padre Marcelo é o principal líder da Renovação Carismática Católica, que congrega oito milhões de fiéis no Brasil. Suas missas, sempre lotadas, são transmitidas pela Rede Vida, emissora ligada à Igreja. O ritual é fundamentado em canções que poderiam estar tocando nas rádios FM. Lembra, longinquamente, o gospel americano. A intenção é resgatar os milhares de católicos que bandearam-se para a Igreja Universal de Edir Macedo, oferecendo uma Igreja mais moderna, mais festiva, menos opressora. É o novo marketing de Deus.

Quando os Engenheiros do Hawaii decretaram que o papa era pop, o Brasil inteiro abençoou a definição. Na comemoração dos 20 anos de papado de João Paulo II, um dos comentários mais assíduos foi sobre o efeito que o mundo globalizado surtiu no sumo pontífice. Ele foi o papa que mais deu o ar da graça na tevê, que mais viajou, que mais apareceu na *Caras*. Ficou provado que todos os caminhos levam a Roma, inclusive os caminhos feitos de cabos de fibra ótica e de ondas eletromagnéticas transmitidas via satélite.

Padre Marcelo, em escala infinitamente menor de importância e infinitamente maior em exposição de imagem, está aproveitando o interesse da mídia para divulgar seu trabalho. É estranho, porque tudo o que tem a ver com exposição pública tem a ver com vaidade, um dos sete pecados capitais. Eu não me choco com mais nada, mas a ala conservadora da Igreja deve estar roendo as hóstias.

A televisão é uma sedutora imbatível e padre Marcelo sabe disso. Através do videotape, ele está difundindo sua mensagem e recrutando fiéis numa velocidade incomparável com a dos padres que se restringem a fazer a mesma coisa ao vivo, para plateia seleta, sem câmeras no recinto. Por outro lado, ele banaliza o catolicismo ao frequentar o mesmo altar do grupo É o Tchan, do Katinguelê, do Pagode do Dorinho. Até onde se pode ir por uma causa nobre?

Acho saudável ver pessoas exaltando sua crença com música e alegria ao invés de esfolar os joelhos subindo 300 degraus para pagar promessa. Nunca fui partidária da ideia de que o devoto deve sofrer, penitenciar-se, enclausurar-se. Simpatizo com uma igreja que permite que o corpo se mova, que a voz se solte, que a cabeça se levante. Resta saber se isso é uma tendência natural dos católicos ou se é manipulação da fé, uma espécie de promoção relâmpago para atrair clientes, cujo garoto-propaganda é um padre fotogênico. Oremos.

Novembro de 1998

Miss Brasil 2000

A primeira vez que a vi foi em *Trate-me Leão*, uma peça que sacudiu a juventude brasileira dos anos 70 e inaugurou um novo estilo de humor, gerando o TV Pirata e o que veio depois. Esquálida, dentuça, desengonçada. Mas eletrizante. Hilária. Encantadora. Não nascia uma estrela, nascia uma camaleoa.

Regina Casé, junto com a maioria do elenco do grupo Asdrúbal Trouxe o Trombone, acabou trocando o teatro pela televisão, fazendo novelas, seriados e programas humorísticos antológicos. Depois, resolveu seguir carreira solo e conduziu um dos programas mais inteligentes e criativos da tevê, o *Brasil Legal*. Agora chegou a vez de Regina testar-se no papel de entrevistadora: sábado passado estreou *Muvuca*, um talk-show que é a cara da dona. O programa vai pegar? Vai ter audiência? Vai durar mais do que dois meses? Deixo essas questões para a análise dos especialistas. Estou aqui para fazer aquilo que alguns críticos acham imperdoável: elogiar.

Por que gosto tanto da Regina Casé? Provavelmente pelo mesmo motivo que você: Regina é a porta-voz do Brasil que nos orgulha, e não daquele que nos envergonha. Ela é inteligente sem ser pedante, é engraçada sem ser inconveniente, é moderna sem ser datada. Ela unifica o Brasil de norte a sul, circula com naturalidade na arquibancada do Maracanã e no Palácio do Planalto, extingue conceitos como brega e chique, extrai o melhor das pessoas, trata Carlinhos Brown e Fernando Henrique com a mesma sem-cerimônia. Tem o dom de transformar celebridades em simples mortais e de alçar desconhecidos ao estrelato. Põe Cid Moreira para jogar peteca e Angélica de touca de banho, ao mesmo tempo que enaltece o talento e a importância de uma empregada doméstica ou de um menino que trabalha como guia turístico no sertão. Regina Casé é o Midas da humanização: tudo o que ela toca vira gente de carne e osso.

Rótulos não a impressionam. Seu entrevistado não é um intelectual, uma socialite ou o rei do pagode, mas alguém que gosta de aspargos, que canta no chuveiro, que cria três filhos. Isso interessa? Taí o show de Truman. É jornalismo? Também. Estamos vivendo a era do estereótipo, da robotização, da exaltação da imagem em detrimento do conteúdo. O que Regina Casé faz com as pessoas que dividem a cena com ela é rasgar a embalagem e buscar o que há dentro. Ela mesma é um exemplo disso. Extrai de si própria coração, cérebro, humor, sensibilidade, todas essas coisas que substituem o par de olhos verdes e o corpaço que não tem. É a feia mais bonita que eu conheço.

Vida longa a Regina Casé e ao Brasil legal que ela representa, que não é o Brasil dos grampos telefônicos, das fraudes, dos desmentidos, das dissimulações. Eu compraria um carro usado dela mesmo que tivesse placa de Brasília.

Novembro de 1998

Baixo-astral: de quem é a culpa?

No café da manhã, suco de laranja com Prozac. No almoço, água mineral com Dormonid. Na janta, uísque e Lexotan. Não é a nova dieta da Adriane Galisteu: é a dieta de quem está com excesso de peso na alma.

O maior mal das pessoas infelizes é não diagnosticar corretamente de onde vem a sua dor. Ninguém acha que tem culpa por as coisas estarem dando errado. É culpa do chefe, do ex, dos pais, dos políticos, do síndico, da tevê, de todos que fazem parte desse mundo do qual você foi expulso. Que tal assumir a responsabilidade sozinho para ver o que acontece?

Estou longe de ser fã do Lair Ribeiro, papa da neurolinguística brasileira, mas devo reconhecer que a maioria dos nossos problemas foram originados dentro de nós mesmos e só por nós podem ser solucionados. Não se está falando aqui de problemas graves, como a perda de um parente, de um imóvel, de um emprego ou da própria saúde, mas daquelas ingresias do cotidiano que nos tornam incapazes de sorrir.

Você se acha feia. Cada vez que vê uma foto da Ana Paula Arósio agradece a Deus por morar no térreo, pois se fosse no oitavo andar se atirava de ponta. Acha-se gorda, também. Tem um senhor quadril. O melhorzinho em você são os pés, mas ninguém irá olhar para eles enquanto você não reduzir seu nariz pela metade. Espelho, espelho meu, logo eu?

Se ao menos você fosse assombrosamente inteligente, mas você é média. Lê cinco livros por ano e nunca disse nada que merecesse entrar para uma antologia poética. Você queria escrever tão bem quanto o Verissimo, ser tão espirituosa quanto o Jô e tão bem informada quanto a Marília Gabriela, mas se sente tão insossa quanto a sua diarista.

Nada disso lhe afetaria se você tivesse uma conta bancária recheada, mas você não recebe aumento há três anos. Se ao menos o seu namorado fosse a cara do Brad Pitt, mas ele é a cara do Mr. Bean. Se ao menos você morasse em Nova York, mas seus pais fizeram a gentileza de se mudar para uma cidade chamada Sertãozinho do Juazeiro, onde ninguém jamais botou os olhos num Big Mac.

Aparentemente, não dá para dizer que sua vida é nitroglicerina pura, mas só podemos chamar de tragédia aquilo que é irreversível, o que não é o seu caso. Tudo é uma questão de humor e de atitude: mude. Deixe de colocar sua felicidade na mão dos outros. Comece um caso de amor consigo mesma e pare de se boicotar. A Ana Paula Arósio, o Verissimo, a Marília Gabriela e o Brad Pitt não têm culpa de você insistir em seguir modelos. Inaugure sua própria fórmula de ser feliz e patenteie. Você ainda pode ficar rica com os direitos autorais.

Novembro de 1998

Homens que se aproveitam

Entra geração, sai geração e os pais seguem dando os mesmos conselhos. Mamãe para sua menina: "Filhinha, dê-se o valor. Não saia com qualquer um, esses garotos só querem se aproveitar de você". Papai para seu menino: "Filho, não se amarre tão cedo. Faça muita festa, namore todas, aproveite a vida". Moral da história: toda menina é carniça, todo homem é urubu. Não olhe agora, mas teias de aranha estão formando-se no teto.

Estou pra ver papo mais obsoleto. Mesmo que as mães estejam hoje menos caretas e já não destilem tanto preconceito, ainda assim paira no ar a ideia de que, quando um homem e uma mulher vão para os finalmentes sem haver um compromisso formal, ele está tirando uma lasquinha da pobre infeliz, que está ali sendo iludida, usada, consumida. Tirem as crianças da sala.

O que ninguém contou para o urubu é que a carniça não está morta: ela também tem fome e sacia-se plenamente com essa refeição. Pelo amor de Deus, as mulheres aproveitam também! A única diferença é que esse é o único assunto que a gente não abre para meio mundo: as mulheres é que são as verdadeiras comem-quietas.

Não acredito quando ouço uma garota dizer que fulano se aproveitou dela. Como assim, ela estava desmaiada? Algumas mulheres ainda têm esse vício de achar que uma relação sexual que não evoluiu para o namoro sério ou para o casamento é uma espécie de estelionato: o cara furtou sua ilusão de amor. Essa garota até pode ter caído numa cantada mal-intencionada, mas ainda assim, durante o bem-bom, ela não estava fazendo nenhum sacrifício: trocou carinho, sentiu prazer, ficou satisfeita. Por que só o homem se aproveita? Aliás, por que esse "se", como se o ato sexual fosse praticado por um só? Homens e mulheres apenas "se" aproveitam quando "se" masturbam, amando-se a si próprios. O resto é em proveito dos dois.

Ninguém deve se entregar para uma pessoa em troca de garantias. Uma relação sexual não é um passaporte para o altar, é apenas uma transa, que pode virar duas, três, trezentas, ou pode permanecer filha única. Nenhuma mulher pode dizer que alguém se aproveitou da sua ingenuidade depois de ela ter consentido tirar a roupa. Se tirou, que aproveite também. Quem acha que o prazer é um direito apenas dos homens precisa voltar para os anos 70 e recuperar as aulas perdidas.

Novembro de 1998

Emancipação masculina

O que Acácio Lopes de Moura tem em comum com Jorge Carlos Senter? Estão mortos. Acácio suicidou-se na sexta, 13 de novembro, e Jorge no sábado, 14. Ambos reservaram para si as últimas balas do revólver: as primeiras foram disparadas em suas respectivas companheiras. Motivo: ciúme.

Nenhum crime passional é original. Desde que o mundo é mundo que homens matam mulheres por causa de adultério, mas, no Brasil, o assunto só começou a ganhar repercussão a partir do caso Doca Street e Ângela Diniz, quando a tese de legítima defesa da honra perdeu força e acabou inspirando um movimento cujo lema era "quem ama não mata", que até virou título de minissérie. A diferença é que, hoje, os homens não estão esperando mais pela pulada de cerca: estão matando por antecipação. Olhou para o lado, bang! E também não estão mais esperando para serem julgados por um tribunal.

Eles próprios se condenam e se eliminam, e a honra vai com eles pro céu.

Homens não se matam por perderem uma vaga de emprego para uma mulher. Não se matam se tiverem que ser chefiados por alguém que pinta as unhas. Não se matam se o piloto do avião chamar-se Flávia, se o táxi for conduzido por uma Amanda, se estiver escrito Dra. Cíntia na porta do oftalmologista. Homens não se matam por dividirem o mundo com as mulheres, ainda que nem todos apreciem a ideia. A morte só passa a ser considerada como alternativa quando as mulheres ameaçam o monopólio masculino do sexo. Aí não tem perdão.

Ainda que eu acredite que os maiores responsáveis por esse tipo de crime sejam a ignorância e a facilidade de se ter uma arma, o fator psicológico tem sua parcela de culpa. O homem aguenta qualquer tipo de concorrência, menos a concorrência afetiva. Não são mais donos dos empregos, dos carros e das mesas de bar, mas seguem acreditando que são donos de suas mulheres. E na iminência de perderem a única sensação de posse que lhes restou, tornaram-se ciumentos patológicos.

A ex-namorada de Acácio havia terminado com ele um namoro de nove meses, como acontece todos os dias em todas as cidades. Acácio não suportou. Matou-a para perpetuá-la no cargo. O mesmo fez Jorge, que brigava dia e noite com a esposa. Sentindo, talvez, que estivesse a um passo de perdê-la, resolveu ajudá-la a partir, ofertando-lhe um tiro no braço, um no estômago, um no peito e outro no pescoço, e como decidiu ir junto, reservou para si um tiro derradeiro na cabeça. Ruim de mira, partiu sozinho. Sua esposa, gravemente ferida, sobreviveu. Essa história tem um final sintomático. As mulheres sofreram muito para conquistar seu direito de ir e vir, de fazer suas escolhas, de ser donas do próprio nariz. Agora é hora de ensinar nossos filhos a serem felizes sem serem donos de coisa alguma, nem mesmo das mulheres que irão amar. Os homens precisam lutar por sua própria emancipação, caso contrário continuarão matando em nome de uma honra que não lhes faz mais jus.

Novembro de 1998

Foi tudo muito rápido

Quarta-feira passada, Ilson levou a namorada para o Morro Santa Tereza para, juntos, verem a cidade lá do alto. Estacionou o carro. Um garoto aparentando 12 anos surgiu na janela pedindo cigarro. Ilson assustou-se e girou a chave que estava na ignição. O garoto sacou uma arma, disparou contra a medula de Ilson e saiu caminhando normalmente, coisa que Ilson talvez nunca mais consiga fazer. Corre o risco de ficar tetraplégico.

A guinada no destino de Ilson durou menos que o tempo necessário para ler este primeiro parágrafo. Antes do tiro, Ilson levou 23 anos construindo a imagem de um rapaz saudável e de boa índole. Trabalhou mais de um ano como motoboy. Passou cinco meses fazendo tripla jornada para conseguir comprar seu Voyage. Estava namorando há um mês. Bastou um segundo para o pivete desmoronar seu castelo de cartas.

O bem é uma construção de uma vida. O mal, ao contrário, é rápido no gatilho. Um escritor leva um ano para escrever um livro: o crítico vai lá e derruba o cara numa resenha de dez linhas. Um homem trabalha 20 anos numa empresa: a decisão de demiti-lo é tomada numa reunião de meia hora. Aposentados levam a vida trabalhando e passam longas horas em filas de banco e de hospital: em poucos segundos alguém comunica que terminaram as senhas.

Não é uma guerra justa. O bem se arrasta, se consome, envelhece na tentativa de concretizar-se. Você quer adotar uma criança? Vai ser submetido a entrevistas, vai ter que provar sua idoneidade, vai ter que passar por um teste de adaptação. Você quer matar uma criança? É menos burocrático.

Para abrir um crediário, é preciso comprovante de renda, comprovante de domicílio, consulta ao SPC. Para roubar, não se exigem documentos.

Para subir na vida, é preciso estudar, atualizar-se, ser polivalente, não ter hora para voltar para casa. Ou então passar a perna no colega cdf, deletando todos os seus arquivos: em dois toques o mal é promovido a gerente.

Para tirar um país do subdesenvolvimento é preciso vários mandatos. Para voltar à indigência basta uma queda vertiginosa na Bolsa. Para construir um relacionamento sólido é preciso anos, para um estupro basta um minuto. Para gerar um filho, nove meses. Para açoitá-lo, é um tapa. Para quitar as prestações do carro, três anos. Para quitar o motorista, três chopes.

Sequestrar é uma operação mais veloz do que fazer pipoca no micro-ondas. Decepar uma mão com uma carta-bomba é mais instantâneo do que escrever "prezado amigo". Batem-se carteiras num piscar de olhos, provoca-se o coma com socos ligeiros, mal percebemos as maldades transitórias. Foi tudo muito rápido.

Dezembro de 1998

Os melhores, os piores e os diferentes

Lendo *Cadernos de Lanzarote*, publicação dos diários escritos pelo escritor José Saramago, encontrei em determinado trecho uma ideia que há muito me persegue: como é limitado julgar os outros baseado no quesito melhor ou pior. Saramago, no livro, agradece, a uma leitora por tê-lo considerado um escritor diferente dos demais, em vez de achá-lo o melhor. Não sei se foi falsa modéstia, mas prefiro acreditar que ele realmente sentiu-se mais elogiado assim. Hoje em dia, ou somos os mais bem vestidos, os mais viajados, os melhores cozinheiros, as melhores decoradoras, ou somos nada. Ou fazemos parte do time de vencedores, ou estamos do outro lado, perdendo. Vivemos num mundo absolutamente hierarquizado e maniqueísta: somos grandes ou pequenos, ricos ou pobres, integrados ou marginais.

Não que esse raciocínio seja destituído de lógica, mas incentiva pouco a criatividade. Julgar alguém melhor ou pior do que outro pressupõe que existam fórmulas soberanas, e melhor será aquele que obedecê-las. Admito que é utópico imaginar uma sociedade desprendida de juízos de valor, mas seria muito mais democrático, rico e estimulante um mundo onde a diferença fosse valorizada não como uma excentricidade, mas como busca de uma identidade própria.

Qual foi o melhor filme de 98, *Titanic*, de James Cameron, *Carne Trêmula*, de Almodóvar, ou *Jackie Brown*, de Tarantino? A maioria da população escolheria o primeiro, não porque seja original, empolgante, moderno, perturbador (não é), mas porque é o menos surpreendente, o mais igual. Os outros fogem a qualquer parâmetro, não podem ser melhores nem piores porque não facilitam a comparação, diferem. Seu mérito é também seu castigo.

Por que o humor do *Vida ao Vivo Show* não emplaca, enquanto *A Praça é Nossa* comemora bodas de ouro na televisão? Por que as novelas são iguais, os locutores de FM sempre berram e as lojas vendem as mesmas roupas? Por que todos precisam de um forno de micro-ondas, se sabemos que tira o gosto da comida? Ora, porque para sermos eleitos os melhores ou piores temos que nos adaptar às regras do consumo e do conviver. Nenhuma miss ganharia a faixa se usasse piercing, nenhum advogado chegaria a juiz se desmunhecasse e nenhuma senhora teria sua casa fotografada para uma revista de decoração se não tivesse o teto da sala rebaixado com gesso. Somos, nem tanto por burrice, mais por reflexo condicionado, prisioneiros do julgamento alheio. Tememos outras alternativas que não sejam as já testadas e aprovadas. Os diferentes abrem caminhos, criam opções, sobrevivem da própria independência, enquanto os outros vêm atrás, concorrendo ao título de melhores ou piores em repetição.

Dezembro de 1998

Mamãe Noel

Sabe por que Papai Noel não existe? Porque é homem. Dá para acreditar que um homem vai se preocupar em escolher o presente de cada pessoa da família, ele que nem compra as próprias meias? Que vai carregar nas costas um saco pesadíssimo, ele que reclama até para colocar o lixo no corredor? Que toparia usar vermelho dos pés à cabeça, ele que só abandonou o marrom depois que conheceu o azul-marinho? Que andaria num trenó puxado por renas, sem ar-condicionado, direção hidráulica e airbag? Que pagaria o mico de descer por uma chaminé para receber em troca o sorriso das criancinhas? Ele não faria isso nem pelo sorriso da Luana Piovani! Mamãe Noel, sim, existe.

Quem é a melhor amiga do Molocoton, quem sabe a diferença entre a Mulan e a Esmeralda, quem conhece o nome de todas as Chiquititas, quem merecia ser sócia majoritária da Superfestas? Não é o bom velhinho.

Quem coloca guirlandas nas portas, velas perfumadas nos castiçais, arranjos e flores vermelhas pela casa? Quem monta a árvore de Natal, harmonizando bolas, anjos, fitas e luzinhas, e deixando tudo combinando com o sofá e os tapetes? E quem desmonta essa parafernália toda no dia 6 de janeiro?

Papai Noel ainda está de ressaca no Dia de Reis.

Quem enche a geladeira de cerveja, coca-cola e champanhe? Quem providencia o peru, o arroz à grega, o sarrabulho, as castanhas, o musse de atum, as lentilhas, os guardanapinhos decorados, os cálices lavadinhos, a toalha bem passada e ainda lembra de deixar algum disco meloso à mão?

Quem lembra de dar uma lembrancinha para o zelador, o porteiro, o carteiro, o entregador de jornal, o cabeleireiro, a diarista? Quem compra o presente do amigo-secreto do escritório do Papai Noel? Deveria ser o próprio, tão magnânimo, mas ele não tem tempo para essas coisas. Anda muito requisitado como garoto-propaganda.

Enquanto Papai Noel distribui beijos e pirulitos, bem acomodado em seu trono no shopping, quem entra em todas as lojas, pesquisa todos os preços, carrega sacolas, confere listas, lembra da sogra, do sogro, dos cunhados, dos irmãos, entra no cheque especial, deixa o carro no sol e chega em casa sofrendo porque comprou os mesmos presentes do ano passado?

Por trás do protagonista desse megaevento chamado Natal existe alguém em quem todos deveriam acreditar mais.

Dezembro de 1998

O tempo e a pressa

Penúltimo dia do ano: dá a impressão de que vai haver uma grande mudança nas próximas horas, mas é apenas a vida seguindo seu curso e realizando a mágica de criar expectativas. Não é preciso ter pressa, mas aconselha-se não perder tempo.

Não tenha pressa em realizar todos os projetos propostos para 1999. Quer mesmo parar de fumar? Diminua o número de cigarros diários, tome menos café, vá se acostumando com a ausência gradual da nicotina. Sem radicalismo, ganhe tempo para a consciência derrotar o vício.

Você canta? Não tenha urgência em pisar no palco do Metropolitan. É estilista? Não queira contratar a Shirley Mallmann antes de aprender todos os segredos do linho, da seda e do algodão. Empresário? Produza, empregue, lucre e reparta, e as entrevistas virão.

Não tenha pressa para crescer, mas não perca tempo com miudezas. Não tenha pressa para aprender, mas não perca tempo com lições de moral. Não tenha pressa para construir uma amizade, mas não perca tempo com olás ocasionais. Não tenha pressa para amar, mas não perca tempo patinando sem sair do lugar.

Quer publicar seus poemas? Corra a inscrevê-los em concursos, não tenha pressa em ganhar o Nobel.

Quer construir uma casa? Trate de armazenar tijolos, não tenha pressa em colocar os quadros na parede. Quer pegar um bronzeado? Não perca o sol da manhã, não tenha pressa em conseguir um câncer de pele. Viajar? Economize uns trocados agora e não tenha pressa de voltar pra mostrar as fotos.

Compro bons livros assim que são lançados, não tenho pressa em terminá-los. Amadureço a cada dia, não tenho pressa em envelhecer. Caminho a passos largos, entro e saio do mapa, excursiono por dentro e pra fora de mim, não estaciono, mas também não quero chegar.

A pressa serve para concluir; o tempo, para desenvolver. A pressa atropela, o tempo desliza. A pressa é cega, o tempo enxerga longe. A pressa esconde, o tempo mostra. A pressa esfria, o tempo aquece.

Palavras minhas, mas a ideia quem me deu foi José Saramago, quem cito com regularidade. "Não ter pressa não é incompatível com não perder tempo." Rapidamente, tratei de botar no papel tudo o que essa frase me inspirou, e se ficou faltando alguma coisa, adivinhe: a edição fecha apressada e o tempo me faltou.

Dezembro de 1998

O bicho homem

Até o momento em que escrevo este texto, segue sem desfecho o sequestro do irmão da dupla sertaneja Zezé di Camargo e Luciano, que foi tirado de casa no último dia 16, em Goiânia. Para desestabilizar a família, os sequestradores ainda não fizeram contato, mas o telefone da casa dos artistas não para de tocar. Foram mais de 50 trotes até agora.

Não entendo como alguém pode ligar para a casa de uma família desesperada apenas para se divertir com a situação. É um lazer barato, sem dúvida. Por apenas 18 centavos o minuto, um inconsequente disca para os Camargo e, assim que uma voz aflita atende a chamada, começa a mentir sobre o cativeiro da vítima, inventa valores de resgate, passa informações desencontradas, ou seja, faz de bobo o interlocutor. Depois desliga com a missão cumprida: como bom parasita do sucesso alheio, sugou meio minuto da atenção de quem, em estado normal, não lha daria ouvidos.

No dicionário Aurélio, o trote tem como significado uma zombaria, um flauteio, uma troça, uma caçoada. Dito assim, parece inocente. Pois foi uma zombaria o que os adolescentes de Brasília alegam ter feito com o índio Galdino, queimando-o numa estação de ônibus. Foi uma troça o que o estudante de Medicina Leandro

Pinho, da PUC de Sorocaba, fez com um colega, ao qual também ateou fogo, em agosto último. Quando os veteranos de uma turma recebem os calouros com coquetéis de produtos químicos, tesouradas nos cabelos, tinta na cara e outras brutalidades, é apenas uma caçoada. Depredar orelhões, grafitar prédios históricos? Passatempo.

Considera-se brincadeira inclusive essas pegadinhas infames dos programas de domingo. São, isso sim, humilhações pelas quais passam pessoas que têm uma rotina miserável e que jamais sonharam em aparecer na tevê. Elas aceitam falsos empregos, testemunham falsos adultérios, são passageiros de falsos táxis e viram falsos reféns, participando de uma encenação sem consulta prévia. Quando revela-se a armação, o estrago já está feito: a maioria autoriza que se coloque a cena no ar em troca de um cachê de fome e do sonho de sair do anonimato por 15 minutos. Ora, é só uma flauta.

Querem se divertir? Para isso existem cinemas, parques aquáticos, circos, bares com karaokê, desfile na avenida, vôlei de praia, ciclovias, gincanas, Beto Carrero World. Trote não é diversão, mesmo quando vem maquiado de zombaria, troça ou caçoada. Trote é trote, que o dicionário também classifica como o andar dos equinos, aqueles que chamam a atenção pelo barulho que fazem com os cascos.

Dezembro de 1998

Tiazinha, Zorro
e outras máscaras

Chegando perto do carnaval, começa a movimentação em busca de acessórios que deem vazão à nossa fantasia: plumas, lantejoulas, paetês, purpurina e, por último mas não menos importante, máscaras. Seja no Rio de Janeiro ou em Veneza, a máscara sempre foi um produto carnavalesco de primeira necessidade, pelo seu caráter de mistério e fetiche, mas tudo leva a crer que subirá de status esse ano, já que tem sido divulgada por uma foliona de respeito.

Ela mesma, Tiazinha. Não sei se Suzana, a mulher por trás da máscara, sairá por alguma escola, mas já pode ser eleita a musa do Sambódromo. Passou 98 desfilando de mulher-gata sadomasoquista, disparou corações e pontos no Ibope e provou que somos alvos fáceis de quem não mostra a verdadeira face.

Máscara serve para não ser reconhecido, estão aí os Irmãos Metralha se valendo desse recurso até hoje. Mas os bandidos de verdade já não a utilizam, ao menos não as feitas de tecido negro, com dois buracos para os olhos e um elástico prendendo atrás. Bandidos usam máscaras, sim, mas são reproduções idênticas do próprio rosto, feitas de pele, osso e cinismo, muito fáceis de encontrar em Brasília. Não são máscaras de aparência, mas de retórica.

Tiazinha não é bandida. Rouba apenas a atenção da mídia, e em troca desperta libidos adormecidas e acende o imaginário alheio. Esconde-se para que os outros se revelem. É o Zorro de cinta-liga.

Cada um usa a máscara que lhe cai melhor. Óculos escuros, por exemplo, não são usados apenas como proteção contra o sol. Protegem-nos também de nossas lágrimas, de nossas rugas, de nossos terçóis, de nossa tristeza. Protegem-nos quando queremos olhar sem que nos percebam, quando somos famosos e não queremos ser descobertos, ou quando não somos e queremos parecer que sim. É o Zorro de Ray-Ban.

Faz falta, para muitos, um segundo rosto. Nada é mais revelador que nossa testa franzida, nosso olhar de medo, nossa face ruborizada, nosso queixo que treme. Tiazinha, por trás da máscara, talvez tenha olheiras e alguma melancolia. Talvez seja uma mulher que chora, que acorda inchada e tem pudor. Uma mulher desencantada com o anonimato. Sem máscara, seria linda como outras. De máscara, é linda e secreta, linda e pervertida, linda e única.

Não é fácil dar a cara sem defesa, entregar o rosto virgem, deixando transparecer nossa alegria e nossa dor. Desmascarar-se é um ato de bravura, por isso perdoa-se a barba que esconde a cicatriz, o silicone que disfarça imperfeições, a maquiagem que resgata a juventude. É o Zorro de cada um.

Janeiro de 1999

O palácio e o apê

O recente assalto sofrido pelos seguranças do governador trouxe novamente à tona a discussão sobre qual seria a residência adequada para a família Dutra. Continuar no pequeno apartamento da Assis Brasil ou mudar para o Palácio Piratini? O governador e sua esposa relutam em deixar o lar doce lar que habitam há 23 anos, mas as famílias Silva, Oliveira, Dias, Soares, Rodrigues, Machado e outras tantas espalhadas pelo sul do país não pensariam duas vezes: mudariam de mala e cuia para um lugar mais luxuoso, ajardinado e com espaço para jogar golfe dentro do quarto, caso gostassem de golfe.

Palácio tem essa mística: é o cenário dos coroados, onde não se permite a entrada de qualquer um. Em palácios tudo reluz, tudo é exagerado. As camas são olímpicas, os jardins são florestas, as mulheres viram Sissi, os homens viram reis. Não é ambiente para um trilho de crochê sobre a mesa de jantar, uma imagem de São Jorge, um quadro com cinco fotos em sépia do bebê, um paninho em cima do fogão e discos do Só Pra Contrariar: os lustres têm pingentes de cristal que foram feitos para reverberar ao som de Mozart.

Palácios são opressores, não têm atmosfera doméstica. Não dá para sair do palácio e bater na vizinha para pedir uma xícara de açúcar. Não dá para deixar o encanador usar o banheiro. Não dá para trazer a turma do futebol para comer um churrasquinho. Não dá para se debruçar na janela e olhar o movimento da rua. A princesa Diana reclamava de tudo isso quando vivia no Palácio de Buckingham. Não dá.

Olívio Dutra não é rei, é empregado, ainda que o empregado mais importante do Estado. Talvez acredite que a mudança de endereço acarrete também uma mudança na sua imagem de homem popular e democrático. Se ao menos a mudança fosse para um sobrado oficial, uma cobertura oficial, um condomínio fechado oficial, teria mais conforto sem deixar de ter um lar, mas um palácio não é sinônimo de conforto, e sim de suntuosidade. Fica estranho receber uma carona de um amigo e perguntar "quer entrar para um cafezinho?" Palácio é que nem navio: seria perfeito, desde que você pudesse sair no meio da noite para dar uma volta no quarteirão.

As caminhadas pelos quarteirões da Assis Brasil também devem estar limitadas, portanto, seria mais sensato o governador hospedar-se no Palácio Piratini pelos próximos quatro anos, em benefício da sua segurança e dos que o cercam. Mas que faz falta o cheiro da comida vindo da cozinha, faz.

Janeiro de 1999

Em perigo de extinção

Gosto muito do escritor uruguaio Mario Benedetti, inclusive estranhei o pouco caso com que foi recebido pela crítica o seu romance *A borra do café*, lançado ano passado no Brasil pela editora Record. É o relato da infância e da adolescência de um menino em Montevidéu, uma espécie de autobiografia do autor, mas narrada como ficção: bonito à beça.

Mas foi um poema recente de Benedetti que me trouxe até aqui. No livro *La vida ese paréntesis*, lançado no Uruguai em 1997 e, até onde sei, ainda não traduzido para o português, está um poema chamado *Extinciones*, onde o escritor alerta para algumas coisas que estão em perigo de extinção, além de baleias e mico-leões dourados. "Tambien enfrentan ese riesgo/las promesas/los himnos/la palabra de honor/la carta magna/los jubilados/los sin techo/los juramentos mano en biblia/la ética primaria/la autocrítica/los escrúpulos simples".

Não resisti em fazer minha própria lista. Além da Mata Atlântica e da Floresta Amazônica, correm sério risco de extinção os jardins em frente às casas, e as próprias casas, e com elas os animais de estimação. Em processo de extinção entraram o "por favor", o "obrigado", o "com licença" e o já desaparecido "desculpe". Em risco estão o "gosto muito de você", "discordo de você mas aceito seu ponto de vista" e o "pode contar comigo". Segue preservado o "eu te amo", mas muitos deles respiram artificialmente.

Benedetti diz que os sem-teto estão prestes a ser extinguidos. Não só eles. Os sem-maldade, os sem-segundas intenções e os sem-arrogância também. Em compensação, reproduzem-se em velocidade alarmante os sem-educação, os sem-humor e os sem-responsabilidade.

Pudor, agora, só em flashback. A Verdade também está sumida do mapa. A Solidariedade ainda sobrevive, mas não anda solta nas ruas. Discrição, esqueça: nem em cativeiro.

Correm risco de extinção o ar puro, a praia limpa, o cinema feito de emoção e ideias, as estrelas vistas a olho nu, o beijo por razão nenhuma, os amigos de infância, os Rolling Stones, o prazer de estar na estrada, os restaurantes que servem comida feita na hora e o picolé de abacaxi, que não encontro em lugar algum. Ficaram na saudade as cartas escritas à mão, os cursos de datilografia, as mulheres difíceis, o papo inteligente e os livros que você emprestou. E não ligue a televisão para ver programa de auditório no domingo, se quiser que seu estômago e seu cérebro não entrem na lista.

El rechazo al soborno/la cándida vergüenza de haber sido/e el tímido dolor de ya no ser. Se a poesia, ao menos, escapar do abate, nem tudo está perdido.

Janeiro de 1999

Relacionamentos maduros

Sua amiga telefona avisando que, depois de uma longa estiagem, voltou a chover na sua horta: está namorando. Quem? quem?, você pergunta curiosa. Descobre que ele se chama Mateus, um cara sensacional que não sente um pingo de ciúmes dela, que a incentiva a sair sozinha com as amigas e que acredita que a independência é o elixir da felicidade. Enfim, um relacionamento maduro.

Você então deseja que eles sejam felizes, que amem-se muito, que sigam preservando sua individualidade e que a relação progrida dentro desse clima de respeito e confiança. Ao desligar, se sente a mais infantil das criaturas.

Momentos antes de falar com sua amiga, você estava à beira de um ataque de nervos porque seu namorado disse que não iria passar na sua casa, estava exausto. O que isto significa? Num relacionamento maduro, significa que ele está mesmo exausto e que os dois podem muito bem ficar sem se verem uma noite. Mas para você, é a prova de que ele não a ama mais, que está desinteressado, ou armando alguma. Você é assim: sofre por ficar cinco minutos longe de quem gosta. Você não está preparada para um relacionamento maduro.

Em relacionamentos maduros, cada um reivindica o seu espaço. Em relacionamentos maduros, o esquecimento de uma data importante não é motivo para briga, elogiar a beldade que entrou no restaurante é uma coisa natural e conviver com ex-namorados é civilizado. Em relacionamentos maduros, ninguém inspeciona colarinhos, fiscaliza a agenda alheia ou fica ouvindo conversas na extensão. No planeta dos maduros não se atiram vasos contra a parede.

Imagine se soubessem que você entra em surto cada vez que seu namorado cumprimenta uma fulana da época do primário, que não descansa enquanto ele não diz onde esteve e com quem, que se sente incomodada até quando ele tira uma prima pra dançar. O que pensariam se soubessem que você desconfia quando liga para o escritório e ele não está, que você costuma dar uma geral no porta-luvas do carro em busca das provas de uma suposta traição e que bisbilhota o canhoto do talão de cheques dele? Que diriam se soubessem que você adora que ele proíba seus decotes e que já o procurou no Instituto Médico-Legal por causa de um atraso de 25 minutos?

Relacionamentos maduros. Podem não ser animados, mas dão muito menos trabalho.

Janeiro de 1999

A necessidade de desejar

Todos sentem necessidade de amar, e esta necessidade geralmente é satisfeita quando encontramos o objeto do nosso amor e com ele mantemos uma relação frequente e feliz.

Pois bem. Enquanto vamos juntinhos à feira escolher frutas e verduras, enquanto mandamos consertar a infiltração do banheiro e enquanto vemos televisão sentados lado a lado no sofá, o que fazemos com nossa necessidade de desejar?

Lendo Alain de Botton, um escritor suíço que já foi mencionado nesta coluna, deparei-me com essa questão: amor e desejo podem ser conciliáveis no início de uma relação, mas despedem-se ao longo do convívio. Só por um milagre você vai ouvir seu coração batendo acelerado ao ver seu marido chegando do trabalho, depois de vê-lo fazendo a mesma coisa há dez, quinze, vinte anos. Ao ouvir a voz dela no telefone, você também não sentirá nenhum friozinho na barriga, ainda mais se o que ela tem para dizer é "não chegue tarde hoje que vamos jantar na mamãe". Você ama o seu namorado, você ama a sua mulher. Mais que isso: você os tem. Mas a gente só deseja aquilo que não tem.

O problema da infidelidade passa por aqui. Muitos acreditam que a pessoa que foi infiel não ama mais seu parceiro: não é verdade. Ama e tem atração física, inclusive, mas não consegue mais desejá-lo, porque já o tem. Fica então aquele vácuo, aquela lacuna, aquela maldita vontade de novamente desejar alguém e ser desejado, o que só é possível entre pessoas que ainda não se conquistaram.

Não é preciso arranjar um amante para resolver o problema. Há recursos outros: flertes virtuais, fantasias eróticas, paqueras inconsequentes. Tem muita gente disposta a entrar nesse jogo sem se envolver, sem colocar em risco o amor conquistado, porque sabe que a troca não compensa. Amor é joia rara, o resto é diversão. Mas uma diversão que precisa ter seu espaço, até para salvar o amor do cansaço.

Necessidade de amar x necessidade de desejar. Os românticos recusam-se a reconhecer as diferenças entre uma e outra. Os galinhas agarram-se a essa justificativa. E os moderados tratam de administrar essa arapuca.

Fevereiro de 1999

Existir, a que será que se destina?

Quando entra no ar a vinheta do Jornal Nacional, meu coração vai apertando porque sei que lá vem. Não me refiro às quedas na bolsa, à desvalorização do real ou às exigências do FMI, que tudo isso eu já vi. Refiro-me às consequências de um mundo hostil, predatório e tremendamente injusto, seja no Brasil, em Ruanda ou em qualquer outro lugar onde crianças passem fome, senhoras durmam em calçadas tentando matricular seus filhos ou aposentados morram em corredores de hospitais. Cada vez está mais difícil digerir a vida como ela é para a maioria.

As crianças que eu conheço estudam em escola particular, compram livros, vão ao cinema, tomam lanches, são sócias de um clube, possuem roupas coloridas, têm brinquedos, praticam esporte, vão à praia e, no primeiro sinal de doença, as mães telefonam para o médico e marcam consulta para o mesmo dia, tendo a seu dispor ar-condicionado e competência. Tudo caro. É o preço de poder ter um dia feliz entre duas noites de sono.

As crianças que não conheço não têm nada disso, e quando forem adultas terão menos ainda, porque até a inocência irão perder. Nunca viram um hambúrguer, não sabem o gosto que a Fanta tem, dos picolés sentem o gosto apenas do palito, não têm leite de manhã e não têm molho para o macarrão que às vezes comem. Mascam chicletes usados, assim como seus pais fumam baganas encontradas no chão. Um estômago vazio entre duas noites de sono.

Para a maior parte das pessoas, o espaço que existe entre nascer e morrer não é ocupado. Não comem, e não comendo, não estudam, e não estudando, não trabalham, e não trabalhando, não existem. São fantasmas que não conseguem libertar-se do próprio corpo. Nós, enquanto isso, discutimos o novo disco da Alanis Morrisette, aplaudimos a chegada do Xenical, vemos as fotos do Morumbi Fashion, comemoramos o centenário de Hitchcock, comentamos o lançamento do novo Renault Clio, torcemos por Central do Brasil. Saímos para dançar, provamos comida árabe, andamos de banana boat, fazemos terapia e regamos girassóis. Fazemos interurbanos, jogamos no Toto Bola, compramos o batom que seduz os moços e a espuma de barbear que seduz as moças. Bem alimentados, instruídos e com um mínimo de saldo no banco, ocupamos o espaço entre o acordar e o adormecer.

Quem não come, não sabe ler e não tem medicamento não ocupa espaço algum. Flutua no vácuo, respira por aparelhos, ignora a própria existência, só sabe que está vivo porque, de vez em quando, sofre um pouco mais que o normal. Porque o normal é sofrer bastante, mas não a ponto de não haver mais diferença entre nascer ou morrer.

Fevereiro de 1999

Paquera pela Internet

Declarei mais de uma vez: acho a Internet revolucionária como prestadora de informação e de serviços, mas sempre fui reticente a respeito do seu valor como prestadora de amor. Relações virtuais me pareciam duvidosas, um baile de máscaras, onde ninguém se revelava por inteiro. Os chats, eu tinha certeza, eram a forma mais imbecilizada de comunicação entre seres vivos, e a única coisa que me agradava era a facilidade de se corresponder com colegas e amigos já conhecidos, ainda que sentisse uma nostalgia incurável de cartas com selos lambidos, envelopes amassados e conteúdos secretos.

Delete tudo o que foi escrito acima: mudei de ideia. Conversando com amigas num almoço, dia desses, fiquei sabendo de vários casos de romances iniciados via e-mail. Eu mesma tinha um caso pra contar: dei um livro de presente para um amigo que, ao término da leitura, mandou um e-mail para a autora, conhecida minha. Ela achou o texto dele bacana e me pediu referências. Dei as melhores, sem mentir nem aumentar as qualidades. Ele também me pediu referências extracurriculares da moça. Recebeu as que eu tinha, que eram poucas mas ótimas. Então eles engataram uma correspondência intelecto-libidinosa e o resultado é que, semanas depois, ao cruzarem os olhares ao vivo, rolou. Até o momento em que escrevo, o namoro segue inabalável e se eu não for madrinha, corto relações com os dois.

Por que está dando certo iniciar um romance através da Internet? Talvez seja porque do jeito convencional está dando errado. Imagine que você (homem ou mulher) está num bar quando se aproxima alguém. Por que esse alguém escolheu logo você? Não foi pelas suas ideias, que ainda estão invisíveis. Foi pelos seus olhos, sua jaqueta, pela aliança no dedo esquerdo que você não tem. O papo vai ser cauteloso, meio bobo, como qualquer primeiro contato. Você pode ter um acesso de espirro enquanto fala de como é seguro, o outro pode mexer o gelo do copo com o dedo e depois lamber, enquanto conta que foi educado na Suíça, e uma bela história de amor pode morrer antes que o bolinho de bacalhau esfrie.

Pela Internet o físico não conta e o que é dito não entra em conflito com as atitudes. Só o que se enxerga são as ideias, a cultura, o humor e o interesse em seguir teclando. Dá para enganar o outro? Na primeira semana, dá, mas na segunda as máscaras caem, você descobre se as almas têm parentesco e a mágica pode acontecer: você se apaixonar sem saber a cor dos olhos dele ou qual é a medida da cintura dela. Não é um começo mais confiável?

Especulações. O que importa é que esses amores estão vingando e eu mudei de ideia, e ambos me parecem uma vitória.

Fevereiro de 1999

Próxima parada, Wonderland

Eram 19h28min. O filme começava às 19h30min. Devo ter passado pelo bilheteiro meio apressada, porque ele me disse: "Ih, vai ser difícil encontrar lugar para sentar". Entendi a ironia, e antes de entrar na sala, sabia que iria encontrar a plateia praticamente vazia. Bingo. Estávamos eu e mais três solitários, em plena sexta-feira. Duas horas depois, fui a primeira a sair do cinema. O mesmo bilheteiro me disse: "Esse filme que estreou hoje é muito fraquinho, tu não achas?" Íntimos. Respondi: eu gostei.

Compreendo a desilusão do bilheteiro. Quem gosta de efeitos especiais e muitas cenas de sexo e violência, pega no sono diante de *Próxima parada: Wonderland*, filme que estreou em 29 de janeiro. Fraquinho, pelo ponto de vista dele, porque a trilha é bossa-nova do começo ao fim, ainda que seja uma produção americana e a história se passe em Boston. Fraquinho porque, no filme, é inverno, e a atriz principal não deixa à mostra nem o pescoço. Fraquinho porque o filme trata de amor, destino e solidão. Blagh! Fraquinho porque os nomes dos protagonistas são esquecíveis, e o nome do diretor tampouco se ouviu falar. Fraquinho porque é poético, realista, engraçado, simples. Fraquinho porque, caramba, faz a gente sair leve do cinema. Comparado com *Armageddon*, não dá nem pra largada.

Quanto mais eu assisto à televisão, mais esse tipo de filme me ganha. Comédia romântica, despretensiosa, que nos faz esquecer por alguns instantes as duas Sheilas do Tchan, se o Clementino explodiu o shopping, quem a Eliana está namorando, quem matou a deputada Ceci Cunha, se Padre Marcelo vai desfilar no Sambódromo, e com que roupa. Isso tudo é real? Então quero a alienação de um filme em que a gente possa lembrar que certos sentimentos não merecem estardalhaço.

Saio em defesa de produções opacas como saí em defesa, anos atrás, de *Antes do amanhecer*, que conta a história de um casal que se conhece num trem e passam juntos 24 horas perambulando por Viena. É a mesma coisa: filmes sem suspense, ação, sustos, naufrágios. Quantas vezes você esteve num navio afundando? Quantas vezes sofreu um ataque alienígena, foi vítima de uma maníaco depressivo, descobriu ter poderes sobrenaturais? Toda fantasia é bem-vinda, mas até ela enjoa. A realidade passou a ser o meu luxo de consumo. O bilheteiro tem razão: talvez o filme *Próxima parada, Wonderland* seja fraquinho mesmo, e a vida é que esteja pesada demais.

Fevereiro de 1999

Dia internacional da porção mulher

Amanhã é Dia Internacional da Mulher. Eu poderia falar sobre a resistência feminina, simbolizada por aquela senhora que foi contemplada com 90 facadas, dois tiros e três atropelamentos, a mando do marido, e sobreviveu. Poderia falar sobre o inaceitável desrespeito às mulheres do Afeganistão, que são obrigadas a ficar confinadas em casa e são linchadas quando expõem acidentalmente uma parte do corpo. Poderia falar sobre a astúcia de Hillary Clinton, que está capitalizando sua passividade conjugal para angariar votos para uma cadeira no Senado. Talvez eu volte a esses assuntos, mas hoje, véspera do nosso dia, quero falar de outra coisa: a porção mulher que há em todo homem.

Dedico esta crônica àqueles que, ao contrário dos fundamentalistas islâmicos, apoiam a carreira de suas esposas e não se sentem inseguros diante de uma mulher com opinião e renda próprias.

Aos homens que saem mais cedo do trabalho para buscar seus filhos na escola, que continuam atenciosos depois do orgasmo, que não têm medo de entrar na cozinha, que são vaidosos, que se permitem uma dúvida, uma insegurança, um vacilo.

Aos homens que acompanham suas mulheres na sala de parto e às consultas realizadas no pré-natal.

Aos homens que não têm pudor em falar sobre coisas íntimas com aqueles em quem confiam. E aos homens que escutam.

Seu pai talvez tenha conseguido escapar do machismo reinante; seu avô, é pouco provável. Não por falta de caráter, não porque não quisesse, mas por não conhecer outro modelo. Homem que era homem não concedia à mulher um espaço público: ela era assunto privado, e entre quatro paredes deveria limitar-se. Homem que era homem não chorava, olhava-se no espelho só na hora de fazer a barba e era sempre o portador da última palavra. Homem que era homem não dividia a conta nem a responsabilidade, e ai dele se usasse camisa cor-de-rosa. Parece que foi ontem, e foi.

Uma reportagem recente da revista Veja revelou os resultados de uma pesquisa, em que se constatou que, ao contratar ou promover um funcionário homem, o patrão dá prioridade para aquele que tiver certas características femininas, como saber trabalhar em equipe, planejar a longo prazo, preocupar-se com detalhes e seguir a intuição. Não tremei, galera. É apenas o nivelamento natural da espécie: nós desenvolvemos a agressividade reprimida, vocês a sensibilidade escondida. Nenhum dano para as diferenças que nos unem, que seguem gigantescas e necessárias. Sabemos como é difícil abandonar uma fórmula consagrada, e é por isso que precisamos cada vez mais uns dos outros, o que descarta a hipótese de ser provocação o convite para comemorarmos juntos o dia de amanhã.

Março de 1999

Livros e latas de azeite

Meg Ryan, mais careteira que nunca. Tom Hanks, anos-luz de sua atuação em *Filadélfia* e *Forrest Gump*. O roteiro, previsível. A trilha sonora, chocha. Os coadjuvantes, sem carisma. O que há de tão bom no filme *Mens@agem para você?* Nada, não fossem as livrarias.

Tem gente que gosta de filme com bicho: porco, urso, macaco, cachorro, de preferência falantes. Eu gosto de filme com livraria. Pode-se imaginar meu êxtase diante do encantador *Nunca te vi, sempre te amei*, tradução estúpida para o filme *84, Charing Cross Road*, que esteve em cartaz há muito tempo e cuja história tratava da correspondência entre um livreiro inglês e uma leitora nova-iorquina viciada em raridades e primeiras edições. Eles mantinham um relacionamento sem jamais terem se visto, mas o amor que os unia não era sexual, e sim intelectual. Não bastasse a sensibilidade do roteiro e a inteligência dos diálogos, os intérpretes eram Anthony Hopkins e Anne Bancroft. A correspondência era pelo correio: a palavra internet ainda não constava dos dicionários. Foi meu *cult movie* por anos, eu que nunca havia traído Woody Allen.

O mote de *Mens@gem para você* são as relações virtuais, mas o que rola paralelo ao romance é que interessa: a ameaça que as megalivrarias podem representar para as livrarias pequenas, de gestão familiar. No filme, o dono da megalivraria é um monstro insensível que vende livros como quem vende latas de azeite, e a livreira da esquina, com seu acervo restrito e atendimento personalizado, é o cordeirinho indefeso diante do mercado predador. Não resta dúvida que as livrarias menores são mais acolhedoras e que seus donos e funcionários têm mais intimidade com o produto. Na Europa ainda encontramos esses pequenos templos, com suas prateleiras abarrotadas de livros até o teto, cheirando a pó e história. Pode-se comparar um livro com uma lata de azeite? Nem sonhando, ainda que algumas mercearias também possuam alma.

Mas é romantismo querer negar a importância dos supermercados de livros, que nasceram nos Estados Unidos e agora aportam no Brasil. Por comprarem em maior quantidade, podem vender mais barato, e sabe-se que livro não custa o mesmo que um óleo de cozinha. São lojas imensas, onde você procura o que quer nos terminais de computador. Tem aconchego? Tanto quanto uma sala cirúrgica, mas a intenção não é mitificar a literatura, e sim torná-la mais acessível. Num país como o nosso, onde as pessoas mudam de calçada quando passam em frente a uma livraria, é uma benção que elas tenham invadido os shoppings e que os livros tenham ganhado códigos de barra.

Biboças simpáticas ou megastores impessoais: que cada leitor frequente o que lhe convém, desde que não saia de mãos vazias.

Março de 1999

O lixo do século

Ando perdendo o ânimo, e isso é novo pra mim. Sou uma otimista incorrigível. Eu, Pollyana e a velhinha de Taubaté temos laços de sangue. Nunca acreditei na má índole das pessoas, sempre confiei na recuperação dos teimosos, na reabilitação dos ignorantes e confiava que dentro do peito de cada político também batia um coração. Sabia dos problemas do Brasil, mas me consolavam as nossas riquezas: uma música maravilhosa, um litoral belíssimo, sol e gente alegre. Pois agora eu trocaria tudo isso por um pouquinho de dignidade.

Já não me consola o Gil ter ganho o Grammy e a Fernanda Montenegro nos representar na noite do Oscar. Dane-se o carro mais potente do Rubinho, a beleza de Shirley Mallmann, danem-se nossas palmeiras e coqueirais. Que me importa se a Vera Fischer vai aumentar o Ibope da novela, se a Tiazinha vai ganhar um programa próprio, se o Gugu está usando costeletas? A indústria do entretenimento cresce e isso é ótimo, mas algo de muito sério está acontecendo atrás do palco.

As novidades do próximo milênio só passarão a me interessar se conseguirmos nos livrar do retardamento intelectual e do terrorismo social em que vivemos hoje, antes que eles nos acompanhem nessa virada. Não podemos entrar no ano 2000 sem herdeiros para Chico Buarque, Caetano, Tom Jobim. Para cada Carla Perez, tem que surgir uma nova Ana Botafogo. Para cada Vinny, tem que surgir uma nova Rita Lee. Onde estão?

Na área social, o drama é ainda pior. Não podemos entrar no ano 2000 com tantas filas, tantos impostos, com a falta de solução para tanto banditismo. Não é possível que policiais que tiveram uma passagem meteórica pelos bancos escolares de repente tornem-se portadores de uma arma e de uma credencial e saiam matando meninos e meninas pelas ruas, descontroladamente. Não podemos continuar convivendo com a falsificação de remédios, com a contravenção autorizada na Rocinha, com o coronelismo do Nordeste, com a quantidade de crianças sem estudo, com o desvio de dinheiro público, com o mau-caratismo desbancando o Corcovado como nosso cartão-postal.

Eu, que não tenho do que reclamar da vida, reclamo por medo antecipado, reclamo porque quero continuar caminhando livre pelas calçadas, reclamo por quem não tem voz nem espaço nos jornais. Está na hora de desovar os podres desse Brasil lindo e trigueiro, reciclar o lixo que não queremos levar conosco para o milênio seguinte. Desarmamento, educação, aplicação da lei, incentivos culturais, medicina sanitária. Não pode ser tão difícil. Nem tão caro. Nem tão raro.

Março de 1999

O mulherão

Peça para um homem descrever um mulherão. Ele imediatamente vai falar no tamanho dos seios, na medida da cintura, no volume dos lábios, nas pernas, bumbum e cor dos olhos. Ou vai dizer que mulherão tem que ser loira, 1,80 m, siliconada, sorriso colgate. Mulherões, dentro deste conceito, não existem muitas: Vera Fischer, Leticia Spiller, Malu Mader, Adriane Galisteu, Lumas e Brunas. Agora pergunte para uma mulher o que ela considera um mulherão e você vai descobrir que tem uma em cada esquina.

Mulherão é aquela que pega dois ônibus para ir para o trabalho e mais dois para voltar, e quando chega em casa encontra um tanque lotado de roupa e uma família morta de fome. Mulherão é aquela que vai de madrugada pra fila garantir matrícula na escola e aquela aposentada que passa horas em pé na fila do banco pra buscar uma pensão de 100 reais. Mulherão é a empresária que administra dezenas de funcionários de segunda a sexta, e uma família todos os dias da semana. Mulherão é quem volta do supermercado segurando várias sacolas depois de ter pesquisado preços e feito malabarismo com o orçamento. Mulherão é aquela que se depila, que passa cremes, que se maquia, que faz dieta, que malha, que usa salto alto, meia-calça, ajeita o cabelo e se perfuma, mesmo sem nenhum convite para ser capa de revista. Mulherão é quem leva os filhos na escola, busca os filhos na escola, leva os filhos pra natação, busca os filhos na natação, leva os filhos pra cama, conta histórias, dá um beijo e apaga a luz. Mulherão é aquela mãe de adolescente que não dorme enquanto ele não chega, e que de manhã bem cedo já está de pé, esquentando o leite.

Mulherão é quem leciona em troca de um salário mínimo, é quem faz serviços voluntários, é quem colhe uva, é quem opera pacientes, é quem lava roupa pra fora, é quem bota a mesa, cozinha o feijão e à tarde trabalha atrás de um balcão. Mulherão é quem cria filhos sozinha, quem dá expediente de oito horas e enfrenta menopausa, TPM e menstruação. Mulherão é quem arruma os armários, coloca flores nos vasos, fecha a cortina para o sol não desbotar os móveis, mantém a geladeira cheia e os cinzeiros vazios. Mulherão é quem sabe onde cada coisa está, o que cada filho sente e qual o melhor remédio pra azia.

Lumas, Brunas, Carlas, Luanas e Sheilas: mulheres nota dez no quesito lindas de morrer, mas mulherão é quem mata um leão por dia.

Março de 1999

Freud em Wall Street

A felicidade não está concentrada nos pronunciamentos de Armínio Fraga, nem na cobertura com quatro suítes anunciada no jornal, nem na concessionária da esquina. A felicidade tampouco está em algum serviço com prefixo 0900, não está em Bali e nem na farmácia que vende Prozac sem receita. Essa tal felicidade, mais procurada que bandido de história em quadrinhos e filho desaparecido, não mora num único endereço. Ela tem uma escova de dentes em cada lugar.

Se não me engano foi Freud quem disse que, assim como um prudente homem de negócios não coloca todo seu capital num único investimento, não se deve esperar toda a satisfação de uma única fonte. Os riscos são altíssimos.

Digamos que seus bens restrinjam-se a um cônjuge e dois filhos. Um tesouro. Mas, independente de quanto eles valham, não irão sanar as dívidas que seu coração um dia irá cobrar. O amor deles por você, por maior que seja, não será suficiente para pagar o servilismo de uma vida, a dedicação integral, o preço das fantasias não vivenciadas. Seu cônjuge, com o tempo, pode ficar maníaco, repetitivo, sem muito valor de revenda. Os filhos vão bandear-se para outros mercados e precisarão menos de sua auditoria. Família é que nem poupança, o investimento mais seguro que existe, mas fica a sensação de que se está perdendo alguma ótima oportunidade. Invista, pois, na família, mas mantenha outras reservas.

Uma profissão, pra começar. Deposite seus melhores neurônios nessa conta e corra atrás da rentabilidade.

Uma viagem. Duas. Várias. Retorno garantido, desde que você não invente de voar pela Air Cazaquistão.

Um hobby. Pintura, aeromodelismo, Internet, polo aquático, uma horta, origami, criação de orquídeas, voluntarismo. Um prazer secreto, cuja senha só você conheça.

O excedente aplique em livros, discos, delicatessens, cinema, num bom par de tênis, num colchão box spring, em silêncios, luares, conversas, sexo e num computador. Na falta de dinheiro e noções de informática, vale um grosso caderno de pauta. Escreva. Sonhe. Enlouqueça uma hora por semana.

Não espere toda a felicidade de uma única fonte. É Freud ensinando como economizar lamúrias.

Março de 1999

A minha Porto Alegre

Daqui a dois dias é aniversário de Porto Alegre. Terá negrinho, cachorro-quente, balão? Que nada. É mais umas dessas datas em que a única convidada é a reflexão.

Nossa cidade é como a casa da gente. Quando somos crianças, é nela que nos sentimos protegidos, já que é a única referência de mundo que temos. Quando somos adolescentes, nos rebelamos contra ela, passamos a considerá-la um local limitado, e tudo o que se quer é cortar raízes, pegar a estrada e descobrir outros cenários. Só na idade adulta é que vamos conseguir enxergá-la como ela realmente é, com suas qualidades e defeitos, e, mesmo optando por viver longe, resta o conforto de ter um lugar para voltar.

Porto Alegre é o meu endereço no planeta. Tem o tamanho que eu gosto: nem tão pequena que me sufoque, nem tão grande que me deixe perdida. É uma cidade média: meio conservadora e meio moderna, meio pacata e meio agitada, meio resolvida e meio não.

Porto Alegre é alegre, o que é uma feliz coincidência. Poderia também chamar-se Porto Seguro, já que não tem o mesmo índice de violência do centro do país, ou Porto Belo, já que é bonita à sua maneira, ou ainda Porto Rico, se a riqueza em questão for cultura e qualidade de vida. Poderia, pensando melhor, chamar-se apenas Porto, como o Porto português, um nome não adjetivado e que remete a partidas e chegadas. Toda cidade tem que ser abandonada ao menos uma vez.

Entre Porto Alegre e Londres, Porto Alegre e Nova York, Porto Alegre e Paris, eu não pensaria duas vezes: ficava com as outras. Mas voltaria. Porto Alegre não tem os parques britânicos, nem o pique nova-iorquino, nem o romantismo francês. No entanto, tem alma, sobrados, buganvílias, praia, morros, ladeiras, chaminés, palmeiras e parabólicas. Tem bairros que permanecem os mesmos desde que nascemos, tem bares que abrem, bares que fecham, poucos restaurantes charmosos, muitos cinemas, engraxates, mulheraços, botecos, bingos, buracos. Porto Alegre tem a seu favor o nosso passado. Andamos por ela de olhos fechados, conhecemos seu cheiro, preenchemos seu espaço. Poucos sabem o nosso cep, mas nos reconhecem em cada sinaleira. Amor e ódio, amor e saudade, amor e entrega. Não importa quantas avenidas do mundo já atravessei: Porto Alegre será para sempre minha rua sem saída.

Março de 1999

A zona franca do pensamento

Qual é a invenção que lhe deixa mais perplexo, aquela que foge à sua compreensão? Tantas. O avião, por exemplo. Como consegue voar aquele zepelim de aço, com 300 passageiros e suas respectivas bagagens provenientes de Miami? Internet: eu aqui e você em Cingapura, conversando a um custo de eu aqui e você ali na esquina. Fax: coloco uma folha de papel num aparelhinho e ele sai reproduzido, no mesmo instante, em Guiné-Bissau. Televisão: uma câmera capta a minha imagem e eu apareço, ao mesmo tempo, num casebre do Morro da Cruz e numa mansão da Barra da Tijuca, ao vivo, a cores e em dolby stereo. Ultrassonografia. Gestação in vitro. Clonagem. CD. Reverencio a tecnologia e hoje me arrependo de ter matado algumas aulas de física e biologia, que me ajudariam a entender melhor como funciona o mundo que me cerca. Só numa invenção pisoteio e cuspo em cima: no detector de mentiras.

A poucos dias ele ajudou a solucionar um crime ocorrido em Rio Pardo. O aparelho mede a intensidade de alguns fenômenos ondulatórios. Conforme a oscilação da voz, dá para confirmar se alguém está ou não dizendo a verdade. Uma geringonça que se julga capaz de adivinhar o que pensamos! É um atrevimento até para com os criminosos.

O pensamento é o território mais protegido do mundo, e ao mesmo tempo o mais livre. Só nós sabemos o que se passa por nossa mente. Nele cabe um mundaréu de gente, todas as pessoas que somos, todas as que conhecemos, e mais aquelas que imaginamos, e delas somos seu deus e seu diabo. O pensamento não exige ortografia, pronúncia, sensatez. O pensamento não tem fronteiras, lógica, advogado de defesa ou carrasco. O pensamento é zona franca, terra de ninguém, um lugar onde sempre há vaga.

Vivemos cercados de microcâmeras, repórteres, olheiros, pardais, caetanos, alarmes. Não conseguimos mais entrar nem sair de algum local sem passar por um censor de fibra ótica. Olhos mágicos, crachás, telemarketing, elevadores que falam, cartões magnéticos, aparelhos de escuta, cães farejadores, testes de DNA. Somos constantemente vigiados, qualquer um nos localiza, identifica, surpreende. O pensamento é o único lugar onde ainda estamos seguros, é onde nossa loucura é permitida e onde todos os nossos atos são inocentes. Que instale-se um novo mundo cibernético, mas que virem sucata esses detectores de mentiras, tão sujeitos a falha. Dentro do pensamento não há tecnologia que consiga nos achar.

Março de 1999

Beijos a granel

Todo mundo sabe o que é ficar. A menina vai numa festa, cruza olhares com alguém, que pode ser um colega de cursinho ou um total desconhecido, e dali a cinco minutos a dupla cai de boca um no outro: beijos, beijos, beijos. Ficaram.

Isso não é novo. Vinte anos atrás, quando eu era adolescente, ficar era prática comum, só que nós chamávamos de transar, sem qualquer conotação sexual. Sexo era dormir junto. A Rê tá dormindo com o Ricardo. O Beto tá dormindo com a Carol. Nada de novo no front, a não ser o vocabulário.

Ficar é legal. É uma maneira de testar a própria sexualidade e iniciar-se nos complexos mecanismos da conquista. Namorar é ainda mais legal, porque é ficar todos os dias com alguém que você não acha apenas bonitinho, mas que gosta de verdade. Acho namorar melhor que ficar, mas ambos são bons. Ficação, sim, me arrepia.

Ficação é campeonato. Uma menina de 13 anos fica com o Gustavo, com o Bruno, com o Serginho e com o Zeca numa mesma noite. Meia hora pra cada um. Volta pra casa sem vestígios do batom, com a alça do sutiã arrebentada e com a sensação de que é a garota mais desejada do planeta. O Gustavo, aquele com quem ela ficou primeiro, também volta pra casa feliz da vida, porque, além dela, ficou com a Lucia, de 15, com a Mariana, de 14, e com aquela ruivinha que ele nem perguntou o nome. Enfim, todo mundo se divertiu.

Parece excitante? Uau, para qualquer adulto, diga-se. O próximo passo? Ficar com dois ao mesmo tempo. Muito excitante. Ficar com alguém que você não sabe o nome. Ser beijada por um estranho, e daqui a cinco minutos, por outro, e chegar em casa sem associar o beijo à pessoa. Excitante pra caramba. Excitante pra quem tem 30, 40, 50 anos, e já passou da idade de procurar príncipes e princesas encantadas. Mas com 13, a vontade de se apaixonar não será maior do que a de soltar faíscas com vários caras que na manhã seguinte nem vão lembrar que você existe? Serve para os garotos também: será bacana ver a morena que estava em seus braços enredar-se nos braços do seu primo, com a mesma languidez, já na música seguinte?

Excitante, prazeroso e não tira pedaço. Só quem corre o risco de se machucar nessa brincadeira é a autoestima. Assim como não se deve misturar bebidas, misturar pessoas também pode dar ressaca.

Março de 1999

O primeiro bebê do ano 2000

A data foi 9 de abril, sexta-feira passada. Uma providencial véspera de fim de semana. Alguns casais reservaram quarto numa pousada romântica nas montanhas. Outros foram para as filas dos motéis. Alguns abriram um vinho e ficaram em casa mesmo, assistindo a uma boa fita de filme pornô. Os telejornais noticiaram, então deve ser verdade: hordas de casais no mundo inteiro namoraram, se enroscaram e foram para a cama neste apocalíptico 9 de abril de 1999 com a única intenção de conceber o primeiro bebê do ano 2000!

O plano era muito simples: bastaria que os candidatos a pai e mãe do primogênito do século 21 tivessem relações sexuais quarenta semanas antes do dia primeiro de janeiro, quando fecharia o tempo normal de uma gestação, mesmo sabendo que o bebê poderá vir antes ou depois do prazo previsto. Uma margem de erro considerada ínfima para quem está acostumado a jogar na mega-sena, onde os números, esses sim, são absolutamente impossíveis de calcular de antemão.

A comparação pode parecer absurda, mas é disso mesmo que estamos falando: grana. Dos casais que entraram nessa gincana do primeiro bebê, meia dúzia pode tê-lo feito por brincadeira, outra meia dúzia porque ficou atiçada pelo fato de ter um filho com um mapa astral tão emblemático, e há ainda aqueles que estão em lua de mel e, católicos praticantes como Mel Gibson, são religiosamente contra os contraceptivos: se nascer um filho na data almejada, vai ser por desígnio de Deus. A maioria, no entanto, está de olho nos dividendos que esse garoto ou garota-propaganda do terceiro milênio pode arrecadar.

Diversas empresas acenaram com essa possibilidade: o primeiro bebê do ano 2000 vai ganhar um contrato de trabalho vitalício antes mesmo de ser registrado em cartório. Vai ser protagonista do filme mais famoso do século, o vídeo do seu parto, gravado não pelo papai, mas pela CNN. O bebê, enfim, pode até nascer com talento para as artes plásticas, a advocacia ou o artesanato, mas seu destino é ser um gimmick.

Qual a diferença entre esses casais e as mães que se estapeiam por uma senha para sua filha fazer teste para ser Chiquitita? Ou os pais que batizam seus filhos de Ronaldo e colocam uma bola nos pés do garoto antes mesmo que ele saiba caminhar? É que dessa vez o crime foi premeditado.

Abril de 1999

Refeições literárias

Outro dia uma jornalista me perguntou o que os livros significavam para mim. Pensei, pensei, e respondi com um clichê surrado: são alimento. Alimento pra alma, para o espírito? quis ela saber, me forçando a ir até o fim naquela bobagem. Sim, menti. Seria complicado explicar para ela que, na verdade, eu como livros.

Livro, para mim, é carne assada. Guisadinho com milho. Omelete de presunto. Sopa de cebola. Filé de peixe à milanesa. Ovos, aipim, berinjela, espinafre. Livro me abastece de calorias, proteínas, sais minerais. Livro me engorda.

Faço parte de uma confraria composta por meia dúzia de insensíveis: não gosto de comida. O ritual de sentar à mesa ao meio-dia para almoçar e à noite para jantar é uma tortura que enfrento silenciosa. Não tenho prazer em comer, a não ser fora de casa, onde a mudança de ambiente e o bom papo com os amigos deixa tudo mais bem temperado. No aconchego do lar, prefiro beliscar. Convoco umas torradinhas, uns queijinhos, uns amendoins, e estamos conversados. Pré-histórica: só gosto de comer aquilo que posso pegar com as mãos.

Dentro da geladeira, ao contrário do que possa parecer, não guardo Hemingway, Bukowski ou Milan

Kundera: estão lá as frutas, verduras, carnes e frios que o restante da família aprecia. Vivo no supermercado. Geleia, café, farinha de rosca, feijão, leite, biscoito, sucrilhos, iogurte. Eu encheria meu carrinho de literatura e isso me faria muito mais feliz.

Mas de chocolate ela gosta, você deve estar pensando, influenciado pelos milhares de ovinhos de Páscoa que sobreviveram ao último domingo. Pois também não sou vidrada. Tive aquela fase de devorar duas caixas de Bis por conta da ansiedade, mas passou. Uma cobertura quente num sorvete de menta, ok. Um bombonzinho pra acompanhar o licor, hummm. Um Chicabon, manda. Mas meu vício insaciável, você sabe com que letra começa. L de loucura, de liberdade, de lirismo, jamais de lasanha. Estou prestes a devorar o *Afrodite*, de Isabel Allende. Prefiro livro de receita a um rodízio.

Apesar disso, nem ouse desistir de me convidar para um linguado com uvas e amêndoas, um filé com molho de pimenta, uma panqueca de ricota ou um suflê de batata doce, vou adorar. Tudo o que não é trivial me conquista. Mas comidinha caseira, prefiro a que me vitaminiza diariamente: Saramago, Philip Roth, Raymond Chandler, Verissimo, Pessoa, Cony, Millôr, Dorothy Parker, João Ubaldo. Isso sim é um jantar para 400 talheres.

Abril de 1999

O fim do mundo, de segunda a sexta, às 20h.

Rapaz é ofendido e por isso mata duas crianças e um adolescente que passeavam de bicicleta. Ainda sem solução o caso do calouro de Medicina que foi encontrado morto numa piscina depois de uma sessão de trotes. Guarda mata por engano um rapaz que foi buscar a namorada no colégio. Vereador acusado de agiotagem. Prefeituras desviam verba destinada à educação. Deslizamento de terra mata 41 pessoas na Colômbia. 48 casas incendiadas numa cidade americana. Pilotos condenados a pagar 42 milhões de indenização por causa de uma greve ilegal. Cinco dias antes de ser executado, um teste de DNA prova a inocência de um preso que cumpria pena há 12 anos. Toneladas de remédios estragam num galpão da Secretaria de Saúde de Minas. Força de Paz é recusada em Kosovo. Massacre dos Carajás faz três anos sem nenhum culpado punido. Os kits de emergência que foram obrigatórios nos carros são doados a hospitais. Um temporal deixa dois mil desabrigados numa pequena cidade. Previsão de neve no sul do Brasil. Mulher viúva há nove meses ainda não conseguiu enterrar o marido, que foi considerado indigente quando deu entrada no hospital. Policiais fazem treinamento para conter uma manifestação antiaborto nos EUA. Banco Central gastou um bilhão e meio para socorrer os bancos Marka e FonteCindam. FHC rebate as críticas que sofreu da CNBB. ACM debocha de FHC. Fronteira do Suriname é a nova porta de entrada da cocaína no Brasil. Uma parte do ouro garimpado no Pará serve para pagar traficantes. Boa noite.

Esse não é um resumo dos males do século, e sim as notícias que foram ao ar pelo Jornal Nacional na sexta passada, 16 de abril, uma data que escolhi aleatoriamente. Dei-me o trabalho de anotar absolutamente tudo o que foi noticiado, boquiaberta com tanto descalabro em apenas 45 minutos de uma única edição jornalística. Excetuando-se a doação dos kits aos hospitais e a chegada da neve na serra gaúcha, o resto são exemplos de negligência, ignorância, brutalidade, abusos, desgoverno e, vá lá, fatalidades.

Muita gente acredita que o mundo terminará numa explosão atômica ou na queda de um meteoro gigante, qualquer coisa assim, apocalíptica. Começo a achar que não. Talvez o fim do mundo já esteja sendo vivido, só que em doses homeopáticas, um pouco a cada dia, pra gente se acostumar com a dor.

Abril de 1999

O casamento invisível

Tempos atrás, os casais costumavam agendar com antecedência uma cerimônia de casamento para o mês de maio, em nome da tradição. Hoje em dia, a maioria está elegendo o mês de dezembro como o período ideal para iniciar vida nova, pois é quando conseguem unir em matrimônio o décimo terceiro salário e as férias. A tradição, que fique solteira.

15 de maio. 17 de dezembro. 26 de agosto. 30 de junho. Na verdade, a data em que nos apresentamos ao padre e ao juiz pouco importa. Casam-se homens e mulheres, diariamente, às três da tarde num banco do Parcão, às duas da manhã num quartinho de fundos, ao meio-dia comendo um cachorro-quente no Rosário, às seis e meia na fila da padaria. Casamos aos pouquinhos, casamos em silêncio, casamos várias vezes ao dia, durante os muitos meses do namoro.

Casamento é uma palavra que nos remete a véu, grinalda, bolo, presente, padrinhos. Faz parte do ritual e eu acho bonito. Mas engana-se quem pensa que a data e a hora escolhidas para o sim vão provocar uma fusão instantânea dos dois corações. A hora e data do casamento não são, ou não deveriam ser, o começo de uma relação novinha em folha, e sim a confirmação de que o casamento aconteceu na prática, na convivência, muito antes de o par tomar qualquer resolução formal. O verdadeiro casamento não exige aparato: é invisível.

Assim como alguns namorados se sentem casados antes de assinar os papéis, outros só casam bem depois. Casam formalmente, digamos, no dia 19 de março, mas seguem namorando. São casados no papel mas não nas almas, abrindo terreno para o ciúme doentio, a desconfiança, os tapas e beijos que combinam bem com música sertaneja mas que, no dia a dia, só desafinam o casal. Tem casais que só casam, profundamente, depois de três anos de casados, casam só depois dos filhos nascidos, só depois de alguma boda completada. E há os que não casam nunca, mesmo que estejam há séculos compartilhando o mesmo leito, o mesmo sobrenome, o mesmo cotidiano, com a benção de Deus.

Casamento não é uma decisão, é um acontecimento natural, um entrelace de sentimentos e interesses comuns. Não nasce de uma data, mas de um beijo, de uma eletricidade no ar, de uma fusão cósmica, de sei lá o que que não se explica nem se registra em cartório. E alguns eleitos conseguem realizar a mágica de fazê-lo durar para sempre, permanecendo casados até mesmo após o divórcio ou a viuvez, desafiando o tempo e as convenções.

Abril de 1999

O contrário do amor

O contrário de bonito é feio, de rico é pobre, de preto é branco, isso se aprende antes de entrar na escola. Se você fizer uma enquete entre as crianças, ouvirá também que o contrário do amor é o ódio. Elas estão erradas. Faça uma enquete entre adultos e descubra a resposta certa: o contrário do amor não é o ódio, é a indiferença.

O que seria preferível, que a pessoa que você ama passasse a lhe odiar, ou que lhe fosse totalmente indiferente? Que perdesse o sono imaginando maneiras de fazer você se dar mal ou que dormisse feito um anjo a noite inteira, esquecido por completo da sua existência? O ódio é também uma maneira de se estar com alguém. Já a indiferença não aceita declarações ou reclamações: você não consta mais do cadastro.

Para odiar alguém, precisamos reconhecer que esse alguém existe e que nos provoca sensações, por piores que sejam. Para odiar alguém, precisamos de um coração, ainda que frio, e raciocínio, ainda que doente. Para odiar alguém gastamos energia, neurônios e tempo. Odiar nos dá fios brancos no cabelo, rugas pela face e angústia no peito. Para odiar, necessitamos do objeto do ódio, necessitamos dele nem que seja para dedicar-lhe nosso rancor, nossa ira, nossa pouca sabedoria para entendê-lo e pouco humor para aturá-lo. O ódio, se tivesse uma cor, seria vermelho, tal qual a cor do amor.

Já para sermos indiferentes a alguém, precisamos do quê? De coisa alguma. A pessoa em questão pode saltar de bungee jump, ir para o colégio de fraque, ganhar um Oscar ou uma prisão perpétua, estamos nem aí. Não julgamos seus atos, não observamos seus modos, não testemunhamos sua existência. Ela não nos exige olhos, boca, coração, cérebro: nosso corpo ignora sua presença, e muito menos se dá conta de sua ausência. Não temos o número do telefone das pessoas para quem não ligamos. A indiferença, se tivesse uma cor, seria cor da água, cor do ar, cor de nada.

Uma criança nunca experimentou essa sensação: ou ela é muito amada, ou criticada pelo que apronta. Uma criança está sempre em uma das pontas da gangorra, adoração ou queixas, mas nunca é ignorada. Só bem mais tarde, quando necessitar de uma atenção que não seja materna ou paterna, é que descobrirá que o amor e o ódio habitam o mesmo universo, enquanto que a indiferença é um exílio no deserto.

Abril de 1999

Convenções: prós e contras

Quem ainda não leu, deve ler correndo *Pastoral americana*, de Philip Roth. Sou fã do autor desde seu excelente *Complexo de Portnoy*, mas o livro atual selou de vez minha idolatria.

Mal resumindo, é a história de uma família absolutamente convencional, que segue todas as boas regras de conduta, e mesmo assim gera uma filha terrorista. Como se explica? Ninguém explica, mas Roth especula: "As convenções servem como barreiras para as coisas improváveis, são restrições clássicas contra coisas impróprias, difíceis de avaliar e entender".

Convenções. Não há nada que nos dê maior sensação de proteção. Fazer a coisa certa, nadar a favor da corrente, agir de acordo com o que esperam da gente. Fácil, tranquilo, normal. Que seja normal, mas não me parece fácil nem tranquilo.

Convenções não são leis. Lei é o que te proíbe de estacionar em local indevido, inibe tua violência, te protege de ser caluniado, te obriga a pagar imposto de renda. Concordando ou não, lei é para ser obedecida.

A lei é concreta, a convenção é abstrata. Convenção é noivar, é usar roupas que estão na moda, é ser simpático com todos os parentes. Convenção é aquilo que ninguém obriga você a fazer, mas você faz para não se incomodar. Algum pecado nisso? Nenhum, desde que essa adaptação social se dê sem fanatismo.

Sempre considerei as convenções uma sinalização de conduta, não uma obrigatoriedade. Muitas delas sigo sem restrições, outras questiono, e há as que invento para consumo próprio. Se a pessoa não prejudica ninguém, não desrespeita a liberdade alheia, está livre para viver como quiser. Isso, pra mim, é que é fácil e tranquilo. Se é normal, não sei.

Concordo com Roth quando ele diz que as convenções funcionam como uma barreira contra o improvável e o desconhecido. O que eu me pergunto é: pode-se fugir daquilo que cedo ou tarde irá nos interpelar? Desacredito que haja um ser humano sequer no planeta que não discorde de algo estabelecido, que não se interrogue profundamente a respeito de seus desejos, que não se sinta tentado a experimentar um outro comportamento, mesmo que considerado inadequado perante a sociedade. São as tais coisas difíceis de avaliar que as convenções impedem que se examine mais profundamente. E que, ao contrário de nos proteger, nos encarceram numa trajetória padrão, deixando-nos indefesos diante do desconhecido.

Liberdade de expressão, respeito às escolhas individuais e criatividade no estilo de vida. O que para muita gente, é um salto sem rede, pode ser a verdadeira proteção contra o inusitado da vida.

Maio de 1999

Outras abolições

Amanhã é 13 de maio, quando se completam 111 anos que a princesa Isabel assinou a carta que alforriou os escravos. Poucos se lembrarão da data, já que só temos olhos, ouvidos e cronômetros para os 500 anos do descobrimento do Brasil, aniversário que, a meu ver, está gerando muito oba-oba e pouca reflexão.

Ainda que a Lei Áurea não esteja sendo cumprida em todo território nacional, é o que de mais significativo se fez para defender a liberdade dos cidadãos, especialmente dos negros. Aboliram o tronco, as chibatadas, a exploração, a compra e venda de trabalhadores. Agora falta abolir o resto.

Abolir os síndicos que determinam que empregados devem subir pelo elevador de serviço, abolir os empregadores que reservam suas vagas para os de pele clara, abolir quem julga um negro suspeito em detrimento de um loiro, abolir a ignorância e a altivez.

Aproveitando o ensejo, poderíamos abolir também a rispidez dos que não têm tempo para escutar os outros, a empáfia de quem leva demasiadamente a sério a hierarquia e a agressividade de quem tem baixa autoestima.

Abolir a ganância de quem não se contenta com uma mansão e uma cobertura em Miami, a breguice de quem vai para a tevê contar detalhes da sua vida íntima e a sordidez de quem falta ao plantão deixando gente doente à espera numa fila.

Se não for abuso, poderíamos abolir de vez o mau-caratismo, o ressentimento e o grampo telefônico. Alforria para os que trabalham oito horas por dia e não têm uma casa pra morar e remédio no posto médico. Liberdade para quem precisa estudar mas não tem quadro-negro na escola, nem cadeira pra sentar, e a fiação está exposta nos banheiros.

Pessoalmente, aboliria também os flanelinhas, o horário político fora do período de eleições, os serviços de telemarketing e todos os programas de auditório dominicais. Melhor ainda: aboliria os domingos.

Do sério ao trivial, há muita coisa a fazer antes de cantarmos parabéns pra nós mesmos. Estamos soltando rojões em homenagem a Cabral e perdendo uma ótima oportunidade de avaliar onde erramos. Nosso país está menos jovem, mas segue imaturo. Tem mais passado e cada vez menos futuro. Em vez dessa contagem regressiva a uma data que, por si só, não diz nada, deveríamos começar a contar os dias para abolir o Brasil que, na prática, não decolou, e alforriar esse Brasil que só na teoria funciona.

Maio de 1999

A noite das mães

A garota avisa que está grávida. Iniciam-se os cumprimentos, presentes e conselhos: passe óleo de amêndoa na barriga, não deixe de fazer exercícios, capriche na alimentação. Até aí, tudo compreensível e bem aceito. Até que a garota pergunta o que fazer para combater o sono. Percebe-se, então, algo estranho no ar. As mulheres em volta, todas já estreadas no papel de mãe, entreolham-se. Do entusiasmo, as amigas passam para a piedade. Durma, querida, durma bastante, durma até o meio-dia, durma até a cuca vir pegar, porque o sono tranquilo é uma dádiva concedida apenas às mulheres que não têm filhos.

Banquete em Kosovo. Missa em Ibiza. Forró em Montevidéu. Há muitas coisas que não combinam. Filho e oito horas de sono é uma delas. Dormir é um verbo pouco conjugado na maternidade, a não ser que a mãe tenha babá e enfermeira se revezando e um astral muito, mas muito zen.

O bebê nasceu. Parabéns. Ainda no hospital, você entenderá aquele olhar de piedade das amigas. Você será acordada de hora em hora para tomar analgésicos e anti-inflamatórios. Será acordada para amamentar o nenê. Será acordada pelo choro do nenê. Será acordada pela emoção de ter tido um filho. Sim, você ainda está achando tudo ótimo.

Em casa, segue a movimentação noturna. Você irá acordar de noite para seguir amamentando. Trocará fraldas de madrugada e fará bilu-bilu no filhote enquanto a cidade está num silêncio sepulcral. E mesmo que o nenê seja tranquilo feito um buda, ainda assim você irá espiá-lo no berço para ver se ele está respirando. Tudo bem, é só uma fase, você pensa.

Uma fase, diga-se, que irá durar até o juízo final. Um pouco mais crescidinho, o bebê desejará ir para sua cama: ou você deixa, e o seu sono já era, ou você não deixa e ele berra, e seu sono, babaus.

Crianças têm sede, febre, medo do escuro, dor de ouvido e agitações que fazem as cobertas caírem: em compensação, não têm a mínima noção de que são três da matina e mamãe tem uma reunião de trabalho à qual ela gostaria de comparecer sem olheiras.

Crianças perguntam o que é aids, sexo oral e cocaína, dançam o tchan e preferem a Tiazinha aos Teletubbies: insônia, lá vou eu.

Crianças, finalmente, crescem. Já não exigem vigilância cerrada: escapam madrugada afora, bem longe dos seus bocejos. Aí, mommy, não há Lexotan ou Dormonid que lhe faça capotar antes de ouvir o tão esperado barulhinho da chave na porta, denunciando que estão todos de volta, sãos e salvos. Só então você poderá dormir feito um anjo nos vinte minutos que faltam para o sol raiar.

Maio de 1999

Rasgação de seda

A imprensa tem se destacado no papel de crítica da sociedade, mas às vezes esquece que elogio também é notícia.

Não falo por mim, que sempre fui bem tratada. Falo, olhe que ousadia, por Caetano Veloso. Ele canta bem, compõe bem, escreve bem, fala bem, pensa bem e ainda por cima é charmoso. Caetano segue sendo o que há de mais moderno na MPB, mesmo estando na estrada há tempo suficiente para se aposentar e passar o resto da vida tomando água de coco. Em vez disso, grava gente nova e gente esquecida, faz trilhas para filmes e apoia a cultura nacional. Imperdoável.

Caetano sabe muito bem se defender, e quem quiser saber o que ele pensa a respeito do nosso vício de falar mal, não pode perder a entrevista que ele deu ao programa Revista Europa, que vai ao ar dia 13 de junho pelo canal GNT. Uma palhinha: "O jornalista brasileiro tem vergonha de escrever um elogio porque acha que vai perder o emprego e a respeitabilidade".

A revolta de Caetano deve ter algo a ver com o fato de ter recebido um malho gratuito numa matéria que a revista *Veja* publicou semana passada, a respeito de sua performance para promover o filme *Orfeu*. Acrescento apenas: a carência de elogios não é prerrogativa da imprensa. A escassez atinge todos os setores.

Todo mundo mete o pau em tudo, sem atenuar e muito menos sugerir soluções para os problemas apontados. Alguém está rico? Roubou. Alguém está mais bonito? Plástica. Alguém está fazendo sucesso? Teste do sofá. Alguém está mal? Óóóóóóó, que peninha.

Para muita gente, elogiar é uma espécie de servilismo. Pior: encaram o elogiado como um concorrente, quando na verdade as pessoas que têm seu trabalho reconhecido abrem mercado. Quanto mais promovermos os bons escritores, os bons atores, as boas dançarinas, mais pessoas comprarão livros e irão ao teatro, impulsionando a cultura. Mas nosso estratosférico nível de cobrança faz com que um elogio entusiasmado, sem reservas, só aconteça se o elogiado for assim um Picasso, um Fellini, uma Fernanda Montenegro, ou, como lembra Caetano na entrevista, alguém totalmente desconhecido, alternativo e genial, que nunca ninguém ouviu falar. Aí derretem-se.

Afora os artistas, são bem-vindos elogios diários para donas de casa, empregadas, médicos, cabeleireiros, professores, maridos, esposas e afins. Outro dia, recebi flores de uma amiga com quem havia jantado na noite anterior em seu simpático apartamento, onde foi servida uma massa dos deuses e um papo não menos gostoso. Tem algo errado aí. Eu deveria ter mandado flores pra ela, mas recebi lírios na manhã seguinte porque disse pessoalmente a ela o que estou dizendo pra você, sobre o apartamento, a comida e o papo. Recebi flores por ter elogiado. É de fazer pensar.

Maio de 1999

Imitação de vida

Fui ao cinema ver Michelle Pfeiffer em *Nas profundezas do mar sem fim*, que conta a história de uma mãe que perde um de seus filhos, de 3 anos, num saguão de hotel, e só volta a reencontrá-lo 9 anos mais tarde. O roteiro preguiçoso resultou num filme raso, mas uma frase dita pelo personagem de Whoopi Goldberg me trouxe até aqui. Depois de todos os abalos familiares decorrentes do desaparecimento do filho do meio, a mãe vivida por Michelle Pfeiffer se refaz e constrói, aos poucos, o que a detetive vivida por Whoopi chama de "uma boa imitação de vida".

Pessoas que passam por uma grande tragédia pessoal têm vontade de dormir para sempre. Nos dias posteriores ao fato, não encontram forças para erguer uma xícara de café ou pentear o cabelo, e sorrir passa a ser um ato transgressor, que gera uma culpa imensa, pois é como se estivéssemos nos curando do sofrimento. Passada a fase de hibernação voluntária, porém, é isso que tem que acontecer: curar-se. Voltar a viver. Mas como, se já não existe a alegria original? Rastreando a alegria perdida para tentar imitá-la.

Respeito quem consegue reproduzir uma vida normal mesmo trazendo dentro de si uma dor permanente, e respeito ainda mais quem consegue transformar essa dor em ações solidárias, como a que resultou no projeto Vida Urgente, idealizado por um casal que perdeu um filho num acidente de automóvel e que hoje se dedica a evitar que outras famílias passem pelo mesmo drama. Isso deixa de ser uma imitação de vida, isso é um renascimento espontâneo e glorioso.

A vida como ela é, ou deve ser, inclui festas de Natal, férias na praia, bate-papos informais com amigos, comemorações de aniversário, sorrisos para fotos. Coisas triviais que são fáceis e prazerosas para quem tem o coração leve, mas que podem ser penosas para quem possui recordações que não se quer, nem se pode, abandonar. Para essas pessoas, fatiar um peru, fazer um brinde, falar banalidades, até mesmo um banho de mar, tudo tem que ser reaprendido, tudo tem que voltar a ser um ato inocente. Imitar essa inocência não é um processo fácil e tampouco natural, mas é uma sobrevivência legítima. Mais ainda: é um ato de generosidade, pois revela a consciência de se continuar a pertencer a uma sociedade e de exercer um papel importante na vida de quem nos rodeia.

O filme explorou medianamente esse aspecto, e acabou se rendendo a soluções fáceis e inverossímeis, em busca de um final que rendesse boa bilheteria. Não permitiu que a imitação fosse adiante, quis que a felicidade voltasse a ser original. Que bom ter um roteirista à mão para facilitar as coisas. Não havendo, o jeito é plagiar a própria vida, o que sempre é melhor do que entregar os pontos.

Junho de 1999

Kit felicidade

Por muito tempo acreditei que a fórmula da felicidade estava no triângulo amor-saúde-dinheiro. Acredito, ainda, que ter o coração preenchido, o corpo funcionando 100% e um saldo decente no banco alivia à beça as dores do mundo. Se você não está só, não está doente e não está duro, vai se angustiar por quê?

Você não está só, não está doente e não está duro, porém jamais conseguiu ir ao cinema sozinho, ou viajar sozinho, ou dar uma caminhada sozinho. Você não consegue escolher entre um casaco preto e um marrom sem consultar uma segunda opinião. Você nunca aceitou um emprego sem antes saber o que a sua turma pensava a respeito, nunca tomou uma decisão que fosse desaconselhada pelos parentes, nunca abriu um champanhe para si mesmo.

Você não está só, não está doente e não está duro, mas não acredita que tenha condições de realizar um trabalho que nunca fez antes. Tem certeza de que é a pessoa mais deslocada da festa e que está vestido inadequadamente. Não dá palpite na conversa dos outros porque sabe que vai dizer besteira. Ri das piadas que não entende para parecer inteligente, mesmo que a piada não tenha sentido algum. É ph.D em Literatura, mas não ousa mostrar seus versos. Tem o corpo malhado mas anda encurvado na rua. Bate com o joelho na quina da mesa e, em vez de soltar um palavrão, pede desculpas para o móvel.

Você não está só, não está doente e não está duro, mas leva a ferro e fogo tudo o que lhe dizem. Se alguém comenta que seu cabelo está mais grisalho, você rebate dizendo que a barriga do outro está mais saliente. Se errou o caminho na estrada, pragueja em vez de aproveitar a bela paisagem que se descortinou. Se alguém desmarca um compromisso em cima da hora, você corta relações. Se algo sai errado, a culpa nunca é sua. Se exagera numa reação, é incapaz de rir de si próprio e relevar o incidente. Um congestionamento estraga o seu dia.

Amor, saúde e dinheiro persistem como a tríade dos sonhos, mas o século 21 está colocando na prateleira um kit suplementar: independência, autoestima e bom humor. Adquira-o. A felicidade não depende só do cumprimento de metas vitais, mas também de atitudes mundanas.

Junho de 1999

Os caras e suas carangas

Se você pretende saber quem eu sou, eu posso lhe dizer. Entre no meu carro e, nas estrada de Santos, você vai me conhecer.

Roberto Carlos sempre foi ligado em automóveis, ao menos em suas letras de música. Começou falando de calhambeques e terminou fazendo um filme que se chamava *A 300 km por hora*. Aí choveu mulher e ele não precisou mais usar esse recurso: permitiu-se virar um romântico.

Desde que o par de pés masculinos foi substituído por dois pares de pneus, essa ideia é amplamente divulgada: quanto mais possante o carro, melhor o homem. É um cartão de visitas irrefutável. Que loção pós-barba, que nada: perfume de carro novo é que conquista as mina, é ou não é, Ronaldinho?

Não sei quem deveria se sentir mais ofendido, se as mulheres, por serem tratadas como interesseiras que jamais sairiam com um jogador de futebol se ele andasse de ônibus, ou se os homens, que jamais conquistariam uma Suzana Werner se não tivessem tração nas quatro rodas, air bag, bancos de couro e injeção eletrônica. Caráter e inteligência são opcionais.

Outro dia assisti a uma reportagem onde a repórter Renata Celibeli testou o poder de sedução de um rapaz desconhecido e feiosinho. Colocou à disposição dele um Porsche reluzente e uma câmera escondida, e lá se foram, cara e caranga, para a rua Augusta, em São Paulo. A paquera rolou solta. Garotas lindas faziam fila para dar a ele o número do telefone e marcar encontro para mais tarde. Dia seguinte, o rapaz recebeu uma Variant 76 para passear na mesma rua. Elas não deram nem as horas. Seleção natural da espécie.

Em países que têm um serviço de transporte público decente, essa avaliação feminina é dificultada. O sujeito pode ser um ricaço e morar num prédio elegantíssimo de Paris, só que sem garagem. Problema nenhum: há uma estação de metrô em cada esquina, com motorista e tráfego livre à disposição. Ou o cara pode ser um magnata de Nova York e se locomover pra lá e pra cá de yellow cab. E esqueçam John-John Kennedy, que ele só anda de bicicleta.

Eu posso falar porque já namorei de ônibus, de Fusca, de Maverick, de Veraneio e outras marcas que, já naquela época, deveriam estar estacionadas num ferro-velho: nunca achei que carro fosse pré-requisito para a paixão e sempre desconfiei de veículos cujo capô batesse na minha cintura. Certa vez, preferi cruzar a cidade a pé a entrar num SP2, e confesso publicamente: estou pra ver algo mais cafona do que uma Ferrari vermelha, esteja quem estiver no volante. Fora isso, sou uma garota normal.

Junho de 1999

Caminhando e cantando

Você gosta de um sofá. Gosta, não. Adora. Pés em cima da mesinha de centro, controle remoto numa mão e uma coca-cola na outra: se pedissem pra você posar para uma escultura, era essa a imagem que você gostaria de perpetuar para a eternidade. Um homem atiradaço. Usufruindo o relaxamento disso que os outros chamam, fazendo cara de nojo, de vida sedentária.

O sedentarismo tem suas delícias, porém elas acomodam-se bem na região do abdômen e dali não saem, dali ninguém as tira. É? Você está se lixando. Aos sábados de manhã, espia pela janela aquele bando caminhando pra cima e pra baixo com um headphone no ouvido e não entende como eles têm disposição para marchar em direção ao nada. Você ao menos tem um rumo: vai até a geladeira, até o banheiro, até a garagem: ida e volta. Mas caminhar sem ter pra onde ir?

Erro de avaliação. Todas as pessoas que caminham sabem onde querem chegar. Alguns caminham para atingir o peso ideal, outros para desobstruir as artérias. Alguns levam o cachorro pra passear, outros levam o cérebro para tomar a fresca. Pensar ao ar livre é diferente de pensar na frente da tevê, faça o teste.

Alguns caminham para enrijecer os músculos das pernas, alguns caminham para estrear os tênis novos, ou a namorada zero km. Caminhamos para respirar melhor, para suar, para empapar a camiseta. É o inverso da vaidade: quanto mais demolidos, maior a autoestima.

Caminhamos para encontrar as árvores, reparar nas varandas dos vizinhos, olhar para o céu, lamentar os prédios pichados, descobrir uma confeitaria até então despercebida, olhar as capas das revistas expostas na banca, admirar um muro coberto com hera, pensar na vida.

Caminhamos desatinadamente por Nova York, Buenos Aires, Paris, atrás de vitrines e monumentos, museus e parques, cenários que possam ser fotografados e que contem a história da viagem: por que não caminhar pelas ruas estrangeiras da nossa própria cidade?

Caminhar não cansa, caminhar não custa, caminhar ventila por dentro. Alivia, emagrece, surpreende e ainda nos concede a honra de ouvir música ao mesmo tempo. Caminhar sozinho ou acompanhado, com trajeto definido ou labiríntico, com ou sem relógio, por esporte, recomendação médica ou peregrinação. Caminhar é meio que uma religião.

Está bem, diz o sedentário, vou pensar no caso, mas só depois que terminar o Faustão.

Junho de 1999

Lista de noivas

Chegou o convite esperado. Eles casarão na última sexta-feira do mês, na igreja mais linda da cidade, e oferecerão, após a bênção, uma recepção digna de um Gatsby. Tenho vestido? Tenho, aquele que usei no recital em Pelotas, inédito na capital. Cabeleireiro? Marco hora quando chegar mais perto, assim como a manicure e a maquiagem. Faço o que, agora? Minha parte: comprar um presente de arrasar.

Casais bem-nascidos não precisam dizer onde fizeram suas listas de noivas, todos sabem, e é para lá que me dirijo.

– A lista da Vera Regina e do Artur, por gentileza.

Lista na mão. Vai ser sopa no mel, em dois minutinhos resolvo a questão. A atendente que me acompanha olha para o relógio e boceja.

Primeiro, uma rápida olhada na loja. Sinto uma vontade súbita de jogar minha casa inteira no lixo. Quero casar de novo, nem que seja com o mesmo marido, e ganhar todos esses faqueiros, baixelas e cristais que brilham sob o efeito das halógenas, me obrigando a colocar meu Ray-Ban às pressas. Tudo esplendoroso, mas proibitivo. Não sou madrinha nem nada. Vamos tratar de pôr os pés no chão e encontrar algo lindo, charmoso, útil, moderno e barato. Persevere e triunfarás.

Vasos de lalique. Fora do orçamento. Bandejas de prata. Também.

Uma luminária. Pessoal demais, nem sei que estilo vai ter a casa da noiva, se vai puxar para o rústico ou se para o palácio de Versailles. Um presente neutro, vamos.

Conjunto para churrasco: ganhou dois. Aparelho de fondue: não pediu. Faquinhas pra queijo: pouco inspirado. Cinzeiro: o noivo é pneumologista, não pega bem. Cachepô de porcelana: está em falta no estoque e o do mostruário está rachado. Porta-pão de madeira: não pediu. Velas perfumadas: barato demais. Gaiola de vime: não pediu. Taça de champanhe: não pediu. Como é que alguém abre mão de champanhe tendo um casamento novinho em folha pra brindar? Tapete de sisal. Não pediu, só pediu tapete para o box do banheiro. Nem pensar. Castiçais espanhóis, ela pediu? Pediu. Então está resolvido, castiçais espanhóis. São chiques e eu não entro no cheque especial. Sinto muito, já ganhou.

Rendida, dispenso minha originalidade e começo a percorrer a lista de eletrodomésticos: liquidificador, centrífuga, sanduicheira, ferro de passar. Já ganhou, já ganhou, já ganhou. Inferno, que família grande eles têm.

Ímã de geladeira, ela ganhou? Não, mas também não pediu. Ótimo, vai ser surpresa. Pode embrulhar.

Junho de 1999

Guardar

Guardar é o nome de um livro e de um poema escritos por Antonio Cícero, que também já compôs muitas músicas cantadas por sua irmã, Marina Lima. "Guardar uma coisa não é escondê-la ou trancá-la./Em cofre não se guarda coisa alguma./Em cofre perde-se a coisa à vista./Guardar uma coisa é olhá-la, fitá-la, mirá-la por admirá-la, isto é, iluminá-la ou ser por ela iluminado/...."

Lembrei destes versos quando recebi pela Internet, outro dia, um texto anônimo, desses que fazem parte daquelas insuportáveis correntes que trazem recados como: "Se você não repassar esse texto para 10 pessoas, não venha se queixar que seu casamento fracassou, seu negócio faliu e seu avião entrou em pane". Nunca repassei nada, acho corrente uma chatice, mas o texto em questão vale a pena ser mencionado, e o faço para bem mais de 10 pessoas, o que talvez me garanta vida eterna.

A história é piegas: um cara perde sua jovem esposa. Num baú, encontra um xale que ela havia comprado em Nova York há oito anos e que nunca havia usado, aguardando uma ocasião especial. Ele, então, cede o xale à cunhada, que está encarregada de vestir a irmã para o funeral. A ocasião, finalmente, havia chegado.

Mórbido, porém ilustrativo. O que é uma ocasião especial? Há pessoas que compram uma roupa e só a usam um ano depois, quando já está fora de moda. Porcelanas e cristais reluzem no escuro dos armários, esperando serem herdados, quando então trocarão de móvel. Perfumes viram vinagre, à espera de uma recepção. Joias imploram para pegar um ar. Lingeries ficam puídas à espera de uma segunda lua de mel. Poupanças desvalorizam no banco aguardando uma emergência. Poucas coisas duram para sempre, e o ser humano não é uma delas. Por que não podemos dar à rotina um tratamento vip?

"Algum dia" ou "um dia desses" são datas abstratas demais para constarem de sua agenda. Vá hoje mesmo ao supermercado com sua camisa preferida. Abra um champanhe por ter conseguido vaga para estacionar bem em frente ao consultório do seu médico. Use uma joia discreta e bonita para se encontrar com uma amiga de infância. Desaloje as porcelanas do armário para experimentar seu primeiro fettuccine al pesto. Em vez de tirar o pó dos livros, leia-os. Vista uma camisola de renda preta, aplique duas gotas de Chanel número 5 e dane-se que você está sozinha. Trate bem de quem você mais ama.

Todo dia é uma ocasião especial. Guarde apenas o que tem que ser guardado: lembranças, sorrisos, poemas, cheiros, saudades, momentos. "Guardar uma coisa é vigiá-la, isto é, fazer vigília por ela, isto é, velar por ela, isto é, estar acordado por ela..." Guarda-se o que há dentro de nós. O resto é para ser usufruído.

Julho de 1999

O repouso das coisas

Não gosto de escrever um texto e mandá-lo imediatamente para a redação do jornal. Escrevo com certa folga de tempo, para que eu possa deixar o texto dormir um sono reparador antes de jogá-lo às feras.

Assim como as pessoas, certas coisas precisam descansar para recomporem-se. No caso do texto, é fundamental para mim esquecê-lo por um pequeno período. Quando volto a pôr os olhos nele, horas ou dias depois, consigo detectar melhor suas falhas, repetições ou parágrafos confusos: é a hora da faxina, de limpar o que está sobrando, e só então liberá-lo para seu destino. Lamento pelos vestibulandos que não podem apelar para esse recurso, escrevendo contra o relógio suas redações, sem chance de revisá-las com a cabeça fresca.

O repouso das coisas é cada vez mais raro nesse mundo onde todos estão atrasados para alguma coisa. Diariamente, temos que decidir, optar e cumprir prazos para ontem, sem muita chance de deixar as resoluções tirarem uma soneca antes de serem efetivadas. Fica assim prejudicada a clareza necessária para detectar nossos erros e acertos.

No calor de uma discussão, levamos a sério todas as bobagens que nos dizem, passando rapidamente para o contra-ataque e assim dinamitando a relação.

Se pudéssemos levar nossa mágoa pra cama e com ela dormir, acordaríamos no outro dia enxergando-a sem maquiagem e no tamanho que ela realmente tem: miúda diante de coisas mais importantes do que as palavras rudes que, na noite anterior, escaparam sem querer.

Um sim dito às pressas, um não que foi verbalizado por medo, um silêncio onde deveria haver um argumento: vacilos póstumos. Pudéssemos botar para dormir nossas dúvidas, acordaríamos mais sábios e menos impetuosos. Mesmo as paixões velozes merecem um certo resguardo, uma espiada mais distanciada, para ver onde estamos nos metendo. Cadê tempo, porém, para o afastamento necessário de nós mesmos, para melhor nos enxergar?

A realidade não permite tais romantismos. Vence quem toma decisões rápidas, caso de cirurgiões, artilheiros, policiais, motoristas. Fica cada vez mais difícil contar até dez antes de tomar uma atitude. Sorte a minha que posso me dar ao luxo de trabalhar e viver com relativa calma, deixar esse texto dormir na escuridão do computador desligado e só amanhã acender a luz, fazer nele alguns afagos e apertar, finalmente, a tecla send. Como cantava Gal Costa, "a vida não é mais do que o ato da gente ficar/ no ar/ antes de mergulhar".

Julho de 1999

BATERISTAS

Era meio da tarde de um dia de semana. O telefone tocou e eu atendi.

– É a Martha? Desculpa te telefonar, tu não me conhece. Meu nome é Cau Hafner.

Eu conhecia.

– O baterista da Cidadão Quem?

O próprio. Cau ligou para dizer que curtia muito os meus textos e que havia lido em algum lugar que eu gostava de rock, e queria me dar de presente o último CD da banda, o *Spermatozoon*. Conversamos um pouco e, dias depois, ele foi me entregar o material no Café do Porto, onde eu participava de um evento. Havia muita gente e acabamos trocando apenas meia dúzia de palavras. Passaram-se algumas semanas e encontrei-o novamente saindo de um restaurante com o Duca e o Luciano: cumprimentos rápidos, tchau. Nunca mais o vi. Não era amigo meu, apenas um conhecido, mas lamentei sua morte porque bastaram um telefonema e dois esbarrões na rua para detectar sua energia positiva.

Sempre tive carinho pelos bateristas. No mundo glamurizado do rock, os vocalistas, baixistas e guitarristas é que viram superstars, atraindo fãs, repórteres e curiosos para sua vida íntima. Dificilmente um baterista se transforma num band leader e quase nunca escutamos sua voz. Destroem com suas baquetas, mas não fazem muito barulho na mídia.

Os bateristas das duas bandas mais famosas do mundo não fogem à regra. Perguntasse a qualquer garota qual era o seu beatle preferido e a resposta jamais seria Ringo Starr. Ringo era o feio, o bobo, o mascote do grupo. Charlie Watts, dos Rolling Stones, também nunca despertou fantasias. Mesmo no início da carreira já aparentava a idade que tem hoje, um senhor nascido para habitar repartições públicas e não palcos ao lado de Mick Jagger e Keith Richards.

O baterista é como o goleiro: seus egos são menos testados. Não lhes cobram carisma nem sensualidade. Passam a falsa impressão de coadjuvância. No entanto, têm o poder de determinar o resultado de um jogo e de impor o ritmo de um show, mesmo sem ocupar a linha de frente. O baterista, assim como o goleiro, assiste lá de trás ao espetáculo que acontece diante da galera. Vibra sozinho e explode sozinho nas raras oportunidades em que faz um solo, como quem defende um pênalti. É esse exercício de humildade que acaba por lhes destacar.

Não sei se o fato de Cau ter sido baterista radiografa fielmente seu temperamento, que, ouvi dizer, estava mais para empreendedor do que para introvertido. Mas gosto de imaginar que sim, que era uma pessoa sem afetação, orgulhoso do seu papel e que também apreciava o silêncio, ao contrário do que sua profissão fizesse supor. Pena ter saltado da vida tão cedo.

Julho de 1999

Feliz você novo

Dizem que já não há vagas nos hotéis de Paris, Nova York, Roma, Jerusalém e Rio de Janeiro, os roteiros mais procurados para se passar a meia-noite de 31 de dezembro de 1999, quando todos nós, mesmo aqueles que estiverem numa periferia ou numa aldeia indígena, adentraremos no terceiro milênio. Recado aos preciosistas: sei que o milênio só começa pra valer na virada para o ano 2001, mas é impossível ser matematicamente correto diante de um número cabalístico como o 2000. Permitam a licença poética.

Voltando ao assunto: voos lotados, pacotes fechados, poupanças raspadas. A mística que envolve a data está fazendo todo mundo correr atrás de cruzeiros marítimos, jantares suntuosos e queimas de fogos, tudo para comemorar o quê? Para alguns, a chegada de uma nova era, seja lá o que isso signifique na prática. Para outros, entre os quais me incluo, a transição de uma sexta-feira para um sábado onde não haverá chuva de meteoros nem anunciações divinas, apenas um porre coletivo e justificado pelo calendário.

Entre as pessoas que me cercam, o réveillon está sendo aguardado com moderação e planejado com simplicidade. Alguns irão para o interior, passar com a família. Outros irão para sítios de amigos. Ou para a beira de uma praia não muito distante, que dê para ir de carro. Há os que ficarão em casa, e uma infinidade de Marias, Joãos e Josés irão trabalhar.

Para que seja um evento tão especial quanto se espera, uma legião de garçons, guardas rodoviários, telefonistas, motoristas, médicos, camareiros, vigias, policiais, repórteres, músicos e ambulantes estarão defendendo o leitinho de suas crianças como outro dia qualquer. Nos primeiros minutos de janeiro, partos estarão na iminência de acontecer, defuntos estarão sendo chorados, casais estarão transando, mendigos estarão com fome, caixas eletrônicos serão assaltados, programas de tevê estarão sendo editados, alguém perderá seu cãozinho de estimação, malucos comemorarão surfando, muitas promessas serão pagas. No sábado, a maioria vai dormir até tarde. Alguns postos de gasolina irão abrir, assim como as lojas de conveniência, pra quem ficou sem cigarro ou precisa de um gole de refrigerante. Farmácias venderão digestivos. As sinaleiras estarão funcionando normalmente. Talvez chova, talvez faça um céu de brigadeiro. Alguns irão para a piscina, outros pedirão comida chinesa por telentrega. À noite, haverá mais uma edição do Jornal Nacional, e na manhã de domingo, dia 2, os padres estarão a postos na sacristia e os açougues abrirão para vender a carne do churrasco. Ano 2000. Se há algo para mudar, que seja dentro da gente, onde não é preciso fazer reserva nem gastar uma nota para virar uma pessoa melhor.

Julho de 1999

O jogo da velha

Andei sublinhando dezenas de trechos interessantes do livro *Mulheres que correm com os lobos*, da psicanalista Clarissa Estés, que me foi presenteado por nada menos que Lya Luft. Ainda vou falar muito sobre o livro e suas ideias a respeito da mulher selvagem, mas hoje me concentro num assunto que já foi abordado por outros autores e que sempre me deixou com a juba eriçada.

"Se uma mulher conseguir manter o dom de ser velha quando jovem e jovem quando velha, ela sempre saberá o que vem depois". A frase está lá na página 52, completamente integrada ao texto, mas mesmo sozinha faz todo o sentido, ao menos pra mim, que nasci com 100 anos e venho regredindo desde então.

Desacato não era o meu forte na adolescência. Por fora, parecia com qualquer garota da minha geração, mas por dentro era morfética. Lia 24 horas por dia, principalmente sextas e sábados à noite. Obediente. Cdf. Quase moralista. Não jogava vôlei, mas era craque na ioga. O apelido de um namorado meu era Cabeça, daí você imagina como a gente se divertia juntos.

Hoje olho para as garotas que debochavam do meu jeito cavernoso de ser e adivinhe: estão domesticadas e usam meia-calça branca, como boas mães de família. Tomaram juízo.

Não estou sozinha na contramão: muitas de nós têm a mesma história pra contar. Mulheres que, quando meninas, rezaram pela cartilha da reverência, da ordem e progresso, do abafamento do instinto, e que só através desse aprendizado é que formaram a base e a estrutura necessárias para contestar o estabelecido e reinventar-se. Ao observar os desenhos de Picasso quando jovem, ficamos surpresos com seu academicismo, com seu domínio de anatomia, com a obediência dos traços. Leva tempo até a gente poder trocar olhos e bocas de lugar, fundando um estilo e uma regra próprios.

Ainda sobrevivem, no entanto, aqueles que acham que o tempo de rugir é a juventude, ficando para a meia-idade e a velhice o tempo de perder os dentes. Contesto, meritíssimo. A juventude é um receptor de emoções originais, mas também de preconceitos herdados. A juventude é barulhenta, quando deveria ser astuta. É estabanada, quando deveria ser observadora. É arrogante, quando deveria ser humilde, e deveria idolatrar menos os Kurt Cobains da vida que elegeram como lema "viver dez anos a mil" e que hoje estão a sete palmos da terra. Há tempo de sobra para ser jovem mais tarde, quando temos mais autonomia e menos medo da verdade.

Julho de 1999

Ilha dos lobos

Mulheres que correm com os lobos, livro da psicanalista Clarissa Estés, que já citei nesta coluna, aborda um tema que não só mulheres, mas homens também, defrontam-se diariamente: as consequências da domesticação. Diz o livro que nossa grande tarefa é decidir sobre o que devemos deixar viver e deixar morrer dentro de nós. Levando-se em conta que nascemos com uma carga considerável de selvageria em estado bruto, o dilema estaria em desenvolver as qualidades que nos possibilitam interagir civilizadamente em sociedade, sem perder os instintos com os quais nascemos e que nos personificam.

"Não importa onde estejamos, a sombra que corre atrás de nós tem decididamente quatro patas". Clarissa Estés conclui assim o prefácio do seu livro, fazendo os leitores salivarem diante do que vem pela frente. E o que vem não é uma historinha sobre Tarzan, Mogli ou Rômulo e Remo, e sim a história de todos nós, nascidos na selva de concreto, onde há leis bem estabelecidas e punições para quem não as obedece. Leis que não estão escritas em lugar algum, que foram sancionadas pelo inconsciente coletivo e que estimulam a parecência de todos. No entanto, "aproximar-se da natureza instintiva não significa desestruturar-se, não significa perder as socializações básicas ou tornar-se menos humana. A natureza selvagem possui uma vasta integridade".

Homens e mulheres são convidados a deixar morrer, dentro de si, uma libido que, normalmente, é livre e abrangente. Deixamos morrer, também, uma curiosidade por trilhas vicinais que nos tentam e nos assustam, sobrando como opção o caminho já desbravado pelos outros, devidamente asfaltado e sinalizado. Deixa-se morrer a fome pelo novo, a coragem para enfrentar dificuldades, os sonhos aparentemente inacessíveis. Dia após dia, civiliza-se o lobo dentro de nós.

O grande desafio é conseguir fazer boas opções na vida sem alienar-se. É seguir os rituais comuns a todos os seres de duas patas, sem que seja preciso amputar as outras duas, pois só elas conhecem o caminho que leva à liberdade e ao instinto, dois lugares que não precisamos frequentar com assiduidade, mas que é bom saber onde ficam, para o caso de um dia precisarmos voltar para buscar a parte de nós que deixamos para trás.

Agosto de 1999

Pai-nosso

Pai nosso que estais no céu, dê uma espiada aqui pra baixo e veja com seus próprios olhos, as coisas continuam bem para quem está bem e seguem um descalabro para quem sempre esteve mal, anda cada vez mais difícil acreditar que alguém um dia terá competência para acabar com a miséria, os homens andam desacreditados, as mulheres desenxabidas e as crianças sofrem em jejum.

Santificado seja o vosso nome que tem sido usado em vão para nominar outros deuses que habitam a Bahia e o Planalto, que habitam palácios e manchetes, que nada mais fazem que transferir o poder uns para os outros e inventar frases que serão reproduzidas nos jornais mas que só alteram pra pior a trajetória de quem não sabe ler.

Venha a nós o vosso reino que parece um lugar clássico e de bom gosto, onde as harpas estão em primeiro lugar nas paradas em vez de Reginaldo Rossi, um lugar onde as pessoas não perdem a cabeça por causa de uma freada e nem matam a família por causa de uma enxaqueca, um lugar onde todos têm saúde e a previdência funciona, e o que é melhor, é cobertura.

Seja feita a vossa vontade assim na terra como no céu, mas principalmente na terra, onde tem mãe vendendo o filho para pagar dívida de aluguel, pai dando sopa de capim pra recém-nascido, criança que não sabe juntar uma letra com a outra e que fica impossibilitada para sempre de trabalhar, viver e sonhar, essas coisas terrenas.

O pão nosso de cada dia nos dai hoje, amanhã, terça, quarta e quinta, nos dai também leite, feijão, tomates e um pouco de fé, e se o Senhor não puder entregar pessoalmente, mande um de seus emissários, quem sabe o Fernando Henrique, que sabidamente não acredita no Senhor mas que deveria ao menos acreditar nele mesmo, ou no que ele foi um dia.

Perdoai as nossas ofensas, assim como nós perdoamos a quem nos tem ofendido e não são poucos: nos ofendem os diretores de hospitais que não conseguem manter seus médicos nos plantões, nos ofendem os ministros que fazem olho branco para a verba desviada, nos ofendem os que não querem mudar o país, e ofendo a mim mesma, iludida de que escrever ajuda, ajuda quase nada, e seu perdão ainda menos.

Não nos deixeis cair em tentação de fingir que nada acontece, que o país está progredindo e que temos muito o que comemorar nesses 500 anos de atraso, corrupção e excesso de malandragem, instituída e aceita como traço de personalidade, livrai-nos de perder o bom senso e a atenção, livrai-nos desse ceticismo que a cada dia se justifica e de todo mal que temos feito a nós mesmos, amém.

Agosto de 1999

Trem-bala

Quando a novela Pantanal entrou no ar, foi aquele susto. Cenas que duravam dez minutos, sem cortes. Tomadas contemplativas da natureza. Longos banhos de rio, um pássaro sobrevoando as árvores em slow motion, o olhar sonolento de um jacaré exausto. Os índices do Ibope dispararam. O povo, acostumado com a estética do videoclipe, aquele frenesi de imagens picotadas, finalmente descansava em frente à televisão. A vida lenta é como uma novela que passou anos atrás e que só pode ser resgatada pela memória: não existe mais. Não há mais tempo para closes. Não há paciência para uma paisagem, para um deslumbramento, para um silêncio. Ao menos não aqui, nos trilhos urbanos, onde todos assistem à vida passar como se estivessem na janela de um TGV.

Os trens de longa distância não têm romantismo, não param em cada estação nem são ambientes propícios para a investigação de um Hercule Poirot, pois não daria tempo de descobrir quem é o assassino. As distâncias foram encurtadas. Chegamos rápido ao nosso destino. Já não há prazer no percurso, estamos constantemente cumprindo metas e criando outras, numa viagem que não termina. O assassino, Monsieur Poirot, é o relógio.

A edição dos videoclipes é a cara da vida real. Overdose de informação, gente desfocada e uma certa vertigem. Mudam-se regras e valores em segundos. Paixões começam e terminam, pessoas nascem e morrem, empresas crescem e sucumbem, nada mais é secular: no máximo, pertence a esta década, que já está tão antiga quanto o dia de ontem.

Empurrados por este ritmo alucinante do cotidiano, fazemos uma leitura dinâmica dos fatos, entendendo por fato não só o terremoto, a eleição ou a cotação do dólar, mas nossa dificuldade em administrar uma relação amorosa, o valor que tem um parto normal ou a importância do humor nas horas ingratas. Fatos pessoais, diários, que mereceriam uma espiada menos veloz.

Não quero dar ao governador Itamar Franco a ideia de ressuscitar as marias-fumaças. A vida não vem com airbag: uma freada agora, a esta velocidade, seria fatal. Em frente, então. Mas que cada um saiba criar sua área privativa de descanso: um livro no final da noite, um fim de semana na praia, uma caminhada pela manhã, uma meditação básica. Refúgios que permitam continuar seguindo a viagem sem perder a melhor parte, que é nossa reflexão sobre o que acontece lá fora, já que não dá para saltar deste trem-bala.

Setembro de 1999

Sobre a autora

Martha Medeiros nasceu em Porto Alegre, em 20 de agosto de 1961. Formou-se em Publicidade e Propaganda e trabalhou como redatora e diretora de criação em diversas agências. Estreou na literatura com o livro de poesia *Strip-tease* (Brasiliense, 1985). Seguiram-se os livros *Meia-noite e um quarto* (L&PM, 1987), *Persona non grata* (L&PM, 1991), *De cara lavada* (L&PM, 1995), cujos textos foram compilados em *Poesia reunida* (L&PM, 1998), entre outros. Em 1997, recebeu o Prêmio Açorianos por *Topless* (L&PM, crônicas). E em 2004, o Jabuti e o Açorianos por *Montanha-russa* (L&PM, crônicas).

É uma das mais importantes escritoras brasileiras, autora dos best-sellers *Simples assim* (2015), *A graça da coisa* (2013), *Feliz por nada* (2011), *Doidas e santas* (2008) e *Divã* (2002). Sua obra inclui ainda contos, romances, histórias infantis e crônicas de viagens. Em 2014, em comemoração aos vinte anos de carreira como cronista, reuniu os melhores textos em três volumes: *Felicidade crônica*, *Liberdade crônica* e *Paixão crônica*. É colunista dos jornais *Zero Hora* e *O Globo*, e seus textos já foram adaptados com sucesso para o teatro, cinema e televisão.

Coleção L&PM POCKET (ÚLTIMOS LANÇAMENTOS)

637. **Pistoleiros também mandam flores** – David Coimbra
638. **O prazer das palavras** – vol. 1 – Cláudio Moreno
639. **O prazer das palavras** – vol. 2 – Cláudio Moreno
640. **Novíssimo testamento: com Deus e o diabo, a dupla da criação** – Iotti
641. **Literatura Brasileira: modos de usar** – Luís Augusto Fischer
642. **Dicionário de Porto-Alegrês** – Luís A. Fischer
643. **Clô Dias & Noites** – Sérgio Jockymann
644. **Memorial de Isla Negra** – Pablo Neruda
645. **Um homem extraordinário e outras histórias** – Tchékhov
646. **Ana sem terra** – Alcy Cheuiche
647. **Adultérios** – Woody Allen
651. **Snoopy: Posso fazer uma pergunta, professora? (5)** – Charles Schulz
652(10). **Luís XVI** – Bernard Vincent
653. **O mercador de Veneza** – Shakespeare
654. **Cancioneiro** – Fernando Pessoa
655. **Non-Stop** – Martha Medeiros
656. **Carpinteiros, levantem bem alto a cumeeira & Seymour, uma apresentação** – J.D.Salinger
657. **Ensaios céticos** – Bertrand Russell
658. **O melhor de Hagar 5** – Dik e Chris Browne
659. **Primeiro amor** – Ivan Turguêniev
660. **A trégua** – Mario Benedetti
661. **Um parque de diversões da cabeça** – Lawrence Ferlinghetti
662. **Aprendendo a viver** – Sêneca
663. **Garfield, um gato em apuros (9)** – Jim Davis
664. **Dilbert (1)** – Scott Adams
666. **A imaginação** – Jean-Paul Sartre
667. **O ladrão e os cães** – Naguib Mahfuz
669. **A volta do parafuso** seguido de **Daisy Miller** – Henry James
670. **Notas do subsolo** – Dostoiévski
671. **Abobrinhas da Brasilônia** – Glauco
672. **Geraldão (3)** – Glauco
673. **Piadas para sempre (3)** – Visconde da Casa Verde
674. **Duas viagens ao Brasil** – Hans Staden
676. **A arte da guerra** – Maquiavel
677. **Além do bem e do mal** – Nietzsche
678. **O coronel Chabert** seguido de **A mulher abandonada** – Balzac
679. **O sorriso de marfim** – Ross Macdonald
680. **100 receitas de pescados** – Sílvio Lancellotti
681. **O juiz e seu carrasco** – Friedrich Dürrenmatt
682. **Noites brancas** – Dostoiévski
683. **Quadras ao gosto popular** – Fernando Pessoa
685. **Kaos** – Millôr Fernandes
686. **A pele de onagro** – Balzac
687. **As ligações perigosas** – Choderlos de Laclos
689. **Os Lusíadas** – Luís Vaz de Camões
690(11). **Átila** – Éric Deschodt
691. **Um jeito tranqüilo de matar** – Chester Himes
692. **A felicidade conjugal** seguido de **O diabo** – Tolstói
693. **Viagem de um naturalista ao redor do mundo** – vol. 1 – Charles Darwin
694. **Viagem de um naturalista ao redor do mundo** – vol. 2 – Charles Darwin
695. **Memórias da casa dos mortos** – Dostoiévski
696. **A Celestina** – Fernando de Rojas
697. **Snoopy: Como você é azarado, Charlie Brown! (6)** – Charles Schulz
698. **Dez (quase) amores** – Claudia Tajes
699. **Poirot sempre espera** – Agatha Christie
701. **Apologia de Sócrates** precedido de **Êutifron** e seguido de **Críton** – Platão
702. **Wood & Stock** – Angeli
703. **Striptirus (3)** – Laerte
704. **Discurso sobre a origem e os fundamentos da desigualdade entre os homens** – Rousseau
705. **Os duelistas** – Joseph Conrad
706. **Dilbert (2)** – Scott Adams
707. **Viver e escrever** (vol. 1) – Edla van Steen
708. **Viver e escrever** (vol. 2) – Edla van Steen
709. **Viver e escrever** (vol. 3) – Edla van Steen
710. **A teia da aranha** – Agatha Christie
711. **O banquete** – Platão
712. **Os belos e malditos** – F. Scott Fitzgerald
713. **Líbelo contra a arte moderna** – Salvador Dalí
714. **Akropolis** – Valerio Massimo Manfredi
715. **Devoradores de mortos** – Michael Crichton
716. **Sob o sol da Toscana** – Frances Mayes
717. **Batom na cueca** – Nani
718. **Vida dura** – Claudia Tajes
719. **Carne trêmula** – Ruth Rendell
720. **Cris, a fera** – David Coimbra
721. **O anticristo** – Nietzsche
722. **Como um romance** – Daniel Pennac
723. **Emboscada no Forte Bragg** – Tom Wolfe
724. **Assédio sexual** – Michael Crichton
725. **O espírito do Zen** – Alan W.Watts
726. **Um bonde chamado desejo** – Tennessee Williams
727. **Como gostais** seguido de **Conto de inverno** – Shakespeare
728. **Tratado sobre a tolerância** – Voltaire
729. **Snoopy: Doces ou travessuras? (7)** – Charles Schulz
730. **Cardápios do Anonymus Gourmet** – J.A. Pinheiro Machado
731. **100 receitas com lata** – J.A. Pinheiro Machado
732. **Conhece o Mário?** vol.2 – Santiago
733. **Dilbert (3)** – Scott Adams
734. **História de um louco amor** seguido de **Passado amor** – Horacio Quiroga
735(11). **Sexo: muito prazer** – Laura Meyer da Silva
736(12). **Para entender o adolescente** – Dr. Ronald Pagnoncelli

737(13).**Desembarcando a tristeza** – Dr. Fernando Lucchese
738.**Poirot e o mistério da arca espanhola & outras histórias** – Agatha Christie
739.**A última legião** – Valerio Massimo Manfredi
741.**Sol nascente** – Michael Crichton
742.**Duzentos ladrões** – Dalton Trevisan
743.**Os devaneios do caminhante solitário** – Rousseau
744.**Garfield, o rei da preguiça (10)** – Jim Davis
745.**Os magnatas** – Charles R. Morris
746.**Pulp** – Charles Bukowski
747.**Enquanto agonizo** – William Faulkner
748.**Aline: viciada em sexo (3)** – Adão Iturrusgarai
749.**A dama do cachorrinho** – Anton Tchékhov
750.**Tito Andrônico** – Shakespeare
751.**Antologia poética** – Anna Akhmátova
752.**O melhor de Hagar 6** – Dik e Chris Browne
753(12).**Michelangelo** – Nadine Sautel
754.**Dilbert (4)** – Scott Adams
755.**O jardim das cerejeiras** seguido de **Tio Vânia** – Tchékhov
756.**Geração Beat** – Claudio Willer
757.**Santos Dumont** – Alcy Cheuiche
758.**Budismo** – Claude B. Levenson
759.**Cleópatra** – Christian-Georges Schwentzel
760.**Revolução Francesa** – Frédéric Bluche, Stéphane Rials e Jean Tulard
761.**A crise de 1929** – Bernard Gazier
762.**Sigmund Freud** – Edson Sousa e Paulo Endo
763.**Império Romano** – Patrick Le Roux
764.**Cruzadas** – Cécile Morrisson
765.**O mistério do Trem Azul** – Agatha Christie
768.**Senso comum** – Thomas Paine
769.**O parque dos dinossauros** – Michael Crichton
770.**Trilogia da paixão** – Goethe
773.**Snoopy: No mundo da lua! (8)** – Charles Schulz
774.**Os Quatro Grandes** – Agatha Christie
775.**Um brinde de cianureto** – Agatha Christie
776.**Súplicas atendidas** – Truman Capote
779.**A viúva imortal** – Millôr Fernandes
780.**Cabala** – Roland Goetschel
781.**Capitalismo** – Claude Jessua
782.**Mitologia grega** – Pierre Grimal
783.**Economia: 100 palavras-chave** – Jean-Paul Bethze
784.**Marxismo** – Henri Lefebvre
785.**Punição para a inocência** – Agatha Christie
786.**A extravagância do morto** – Agatha Christie
787(13).**Cézanne** – Bernard Fauconnier
788.**A identidade Bourne** – Robert Ludlum
789.**Da tranquilidade da alma** – Sêneca
790.**Um artista da fome** seguido de **Na colônia penal e outras histórias** – Kafka
791.**Histórias de fantasmas** – Charles Dickens
796.**O Uraguai** – Basílio da Gama
797.**A mão misteriosa** – Agatha Christie
798.**Testemunha ocular do crime** – Agatha Christie
799.**Crepúsculo dos ídolos** – Friedrich Nietzsche

802.**O grande golpe** – Dashiell Hammett
803.**Humor barra pesada** – Nani
804.**Vinho** – Jean-François Gautier
805.**Egito Antigo** – Sophie Desplancques
806(14).**Baudelaire** – Jean-Baptiste Baronian
807.**Caminho da sabedoria, caminho da paz** – Dalai Lama e Felizitas von Schönborn
808.**Senhor e servo e outras histórias** – Tolstói
809.**Os cadernos de Malte Laurids Brigge** – Rilke
810.**Dilbert (5)** – Scott Adams
811.**Big Sur** – Jack Kerouac
812.**Seguindo a correnteza** – Agatha Christie
813.**O álibi** – Sandra Brown
814.**Montanha-russa** – Martha Medeiros
815.**Coisas da vida** – Martha Medeiros
816.**A cantada infalível** seguido de **A mulher do centroavante** – David Coimbra
819.**Snoopy: Pausa para a soneca (9)** – Charles Schulz
820.**De pernas pro ar** – Eduardo Galeano
821.**Tragédias gregas** – Pascal Thiercy
822.**Existencialismo** – Jacques Colette
823.**Nietzsche** – Jean Granier
824.**Amar ou depender?** – Walter Riso
825.**Darmapada: A doutrina budista em versos**
826.**J'Accuse...!** – **a verdade em marcha** – Zola
827.**Os crimes ABC** – Agatha Christie
828.**Um gato entre os pombos** – Agatha Christie
831.**Dicionário de teatro** – Luiz Paulo Vasconcellos
832.**Cartas extraviadas** – Martha Medeiros
833.**A longa viagem de prazer** – J. J. Morosoli
834.**Receitas fáceis** – J. A. Pinheiro Machado
835(14).**Mais fatos & mitos** – Dr. Fernando Lucchese
836(15).**Boa viagem!** – Dr. Fernando Lucchese
837.**Aline: Finalmente nua!!! (4)** – Adão Iturrusgarai
838.**Mônica tem uma novidade!** – Mauricio de Sousa
839.**Cebolinha em apuros!** – Mauricio de Sousa
840.**Sócios no crime** – Agatha Christie
841.**Bocas do tempo** – Eduardo Galeano
842.**Orgulho e preconceito** – Jane Austen
843.**Impressionismo** – Dominique Lobstein
844.**Escrita chinesa** – Viviane Alleton
845.**Paris, uma história** – Yvan Combeau
846(15).**Van Gogh** – David Haziot
848.**Portal do destino** – Agatha Christie
849.**O futuro de uma ilusão** – Freud
850.**O mal-estar na cultura** – Freud
853.**Um crime adormecido** – Agatha Christie
854.**Satori em Paris** – Jack Kerouac
855.**Medo e delírio em Las Vegas** – Hunter Thompson
856.**Um negócio fracassado e outros contos de humor** – Tchékhov
857.**Mônica está de férias!** – Mauricio de Sousa
858.**De quem é esse coelho?** – Mauricio de Sousa
860.**O mistério Sittaford** – Agatha Christie
861.**Manhã transfigurada** – L. A. de Assis Brasil
862.**Alexandre, o Grande** – Pierre Briant
863.**Jesus** – Charles Perrot

864. **Islã** – Paul Balta
865. **Guerra da Secessão** – Farid Ameur
866. **Um rio que vem da Grécia** – Cláudio Moreno
868. **Assassinato na casa do pastor** – Agatha Christie
869. **Manual do líder** – Napoleão Bonaparte
870(16). **Billie Holiday** – Sylvia Fol
871. **Bidu arrasando!** – Mauricio de Sousa
872. **Desventuras em família** – Mauricio de Sousa
874. **E no final a morte** – Agatha Christie
875. **Guia prático do Português correto – vol. 4** – Cláudio Moreno
876. **Dilbert (6)** – Scott Adams
877(17). **Leonardo da Vinci** – Sophie Chauveau
878. **Bella Toscana** – Frances Mayes
879. **A arte da ficção** – David Lodge
880. **Striptiras (4)** – Laerte
881. **Skrotinhos** – Angeli
882. **Depois do funeral** – Agatha Christie
883. **Radicci 7** – Iotti
884. **Walden** – H. D. Thoreau
885. **Lincoln** – Allen C. Guelzo
886. **Primeira Guerra Mundial** – Michael Howard
887. **A linha de sombra** – Joseph Conrad
888. **O amor é um cão dos diabos** – Bukowski
890. **Despertar: uma vida de Buda** – Jack Kerouac
891(18). **Albert Einstein** – Laurent Seksik
892. **Hell's Angels** – Hunter Thompson
893. **Ausência na primavera** – Agatha Christie
894. **Dilbert (7)** – Scott Adams
895. **Ao sul do lugar nenhum** – Bukowski
896. **Maquiavel** – Quentin Skinner
897. **Sócrates** – C.C.W. Taylor
899. **O Natal de Poirot** – Agatha Christie
900. **As veias abertas da América Latina** – Eduardo Galeano
901. **Snoopy: Sempre alerta! (10)** – Charles Schulz
902. **Chico Bento: Plantando confusão** – Mauricio de Sousa
903. **Penadinho: Quem é morto sempre aparece** – Mauricio de Sousa
904. **A vida sexual da mulher feia** – Claudia Tajes
905. **100 segredos do liquidificador** – José Antonio Pinheiro Machado
906. **Sexo muito prazer 2** – Laura Meyer da Silva
907. **Os nascimentos** – Eduardo Galeano
908. **As caras e as máscaras** – Eduardo Galeano
909. **O século do vento** – Eduardo Galeano
910. **Poirot perde uma cliente** – Agatha Christie
911. **Cérebro** – Michael O´Shea
912. **O escaravelho de ouro e outras histórias** – Edgar Allan Poe
913. **Piadas para sempre (4)** – Visconde da Casa Verde
914. **100 receitas de massas light** – Helena Tonetto
915(19). **Oscar Wilde** – Daniel Salvatore Schiffer
916. **Uma breve história do mundo** – H. G. Wells
917. **A Casa do Penhasco** – Agatha Christie
919. **John M. Keynes** – Bernard Gazier
920(20). **Virginia Woolf** – Alexandra Lemasson
921. **Peter e Wendy** *seguido de* **Peter Pan em Kensington Gardens** – J. M. Barrie
922. **Aline: numas de colegial (5)** – Adão Iturrusgarai
923. **Uma dose mortal** – Agatha Christie
924. **Os trabalhos de Hércules** – Agatha Christie
926. **Kant** – Roger Scruton
927. **A inocência do Padre Brown** – G.K. Chesterton
928. **Casa Velha** – Machado de Assis
929. **Marcas de nascença** – Nancy Huston
930. **Aulete de bolso**
931. **Hora Zero** – Agatha Christie
932. **Morte na Mesopotâmia** – Agatha Christie
934. **Nem te conto, João** – Dalton Trevisan
935. **As aventuras de Huckleberry Finn** – Mark Twain
936(21). **Marilyn Monroe** – Anne Plantagenet
937. **China moderna** – Rana Mitter
938. **Dinossauros** – David Norman
939. **Louca por homem** – Claudia Tajes
940. **Amores de alto risco** – Walter Riso
941. **Jogo de damas** – David Coimbra
942. **Filha é filha** – Agatha Christie
943. **M ou N?** – Agatha Christie
945. **Bidu: diversão em dobro!** – Mauricio de Sousa
946. **Fogo** – Anaïs Nin
947. **Rum: diário de um jornalista bêbado** – Hunter Thompson
948. **Persuasão** – Jane Austen
949. **Lágrimas na chuva** – Sergio Faraco
950. **Mulheres** – Bukowski
951. **Um pressentimento funesto** – Agatha Christie
952. **Cartas na mesa** – Agatha Christie
954. **O lobo do mar** – Jack London
955. **Os gatos** – Patricia Highsmith
956(22). **Jesus** – Christiane Rancé
957. **História da medicina** – William Bynum
958. **O Morro dos Ventos Uivantes** – Emily Brontë
959. **A filosofia na era trágica dos gregos** – Nietzsche
960. **Os treze problemas** – Agatha Christie
961. **A massagista japonesa** – Moacyr Scliar
963. **Humor do miserê** – Nani
964. **Todo o mundo tem dúvida, inclusive você** – Édison de Oliveira
965. **A dama do Bar Nevada** – Sergio Faraco
969. **O psicopata americano** – Bret Easton Ellis
970. **Ensaios de amor** – Alain de Botton
971. **O grande Gatsby** – F. Scott Fitzgerald
972. **Por que não sou cristão** – Bertrand Russell
973. **A Casa Torta** – Agatha Christie
974. **Encontro com a morte** – Agatha Christie
975(23). **Rimbaud** – Jean-Baptiste Baronian
976. **Cartas na rua** – Bukowski
977. **Memória** – Jonathan K. Foster
978. **A abadia de Northanger** – Jane Austen
979. **As pernas de Úrsula** – Claudia Tajes
980. **Retrato inacabado** – Agatha Christie
981. **Solanin (1)** – Inio Asano
982. **Solanin (2)** – Inio Asano

983. **Aventuras de menino** – Mitsuru Adachi
984(16). **Fatos & mitos sobre sua alimentação** – Dr. Fernando Lucchese
985. **Teoria quântica** – John Polkinghorne
986. **O eterno marido** – Fiódor Dostoiévski
987. **Um safado em Dublin** – J. P. Donleavy
988. **Mirinha** – Dalton Trevisan
989. **Akhenaton e Nefertiti** – Carmen Seganfredo e A. S. Franchini
990. **On the Road – o manuscrito original** – Jack Kerouac
991. **Relatividade** – Russell Stannard
992. **Abaixo de zero** – Bret Easton Ellis
993(24). **Andy Warhol** – Mériam Korichi
995. **Os últimos casos de Miss Marple** – Agatha Christie
996. **Nico Demo** – Mauricio de Sousa
998. **Rousseau** – Robert Wokler
999. **Noite sem fim** – Agatha Christie
1000. **Diários de Andy Warhol (1)** – Editado por Pat Hackett
1001. **Diários de Andy Warhol (2)** – Editado por Pat Hackett
1002. **Cartier-Bresson: o olhar do século** – Pierre Assouline
1003. **As melhores histórias da mitologia: vol. 1** – A.S. Franchini e Carmen Seganfredo
1004. **As melhores histórias da mitologia: vol. 2** – A.S. Franchini e Carmen Seganfredo
1005. **Assassinato no beco** – Agatha Christie
1006. **Convite para um homicídio** – Agatha Christie
1008. **História da vida** – Michael J. Benton
1009. **Jung** – Anthony Stevens
1010. **Arsène Lupin, ladrão de casaca** – Maurice Leblanc
1011. **Dublinenses** – James Joyce
1012. **120 tirinhas da Turma da Mônica** – Mauricio de Sousa
1013. **Antologia poética** – Fernando Pessoa
1014. **A aventura de um cliente ilustre** seguido de **O último adeus de Sherlock Holmes** – Sir Arthur Conan Doyle
1015. **Cenas de Nova York** – Jack Kerouac
1016. **A corista** – Anton Tchékhov
1017. **O diabo** – Leon Tolstói
1018. **Fábulas chinesas** – Sérgio Capparelli e Márcia Schmaltz
1019. **O gato do Brasil** – Sir Arthur Conan Doyle
1020. **Missa do Galo** – Machado de Assis
1021. **O mistério de Marie Rogêt** – Edgar Allan Poe
1022. **A mulher mais linda da cidade** – Bukowski
1023. **O retrato** – Nicolai Gogol
1024. **O conflito** – Agatha Christie
1025. **Os primeiros casos de Poirot** – Agatha Christie
1027(25). **Beethoven** – Bernard Fauconnier
1028. **Platão** – Julia Annas
1029. **Cleo e Daniel** – Roberto Freire
1030. **Til** – José de Alencar
1031. **Viagens na minha terra** – Almeida Garrett
1032. **Profissões para mulheres e outros artigos feministas** – Virginia Woolf
1033. **Mrs. Dalloway** – Virginia Woolf
1034. **O cão da morte** – Agatha Christie
1035. **Tragédia em três atos** – Agatha Christie
1037. **O fantasma da Ópera** – Gaston Leroux
1038. **Evolução** – Brian e Deborah Charlesworth
1039. **Medida por medida** – Shakespeare
1040. **Razão e sentimento** – Jane Austen
1041. **A obra-prima ignorada** seguido de **Um episódio durante o Terror** – Balzac
1042. **A fugitiva** – Anaïs Nin
1043. **As grandes histórias da mitologia greco-romana** – A. S. Franchini
1044. **O corno de si mesmo & outras historietas** – Marquês de Sade
1045. **Da felicidade** seguido de **Da vida retirada** – Sêneca
1046. **O horror em Red Hook e outras histórias** – H. P. Lovecraft
1047. **Noite em claro** – Martha Medeiros
1048. **Poemas clássicos chineses** – Li Bai, Du Fu e Wang Wei
1049. **A terceira moça** – Agatha Christie
1050. **Um destino ignorado** – Agatha Christie
1051(26). **Buda** – Sophie Royer
1052. **Guerra Fria** – Robert J. McMahon
1053. **Simons's Cat: as aventuras de um gato travesso e comilão – vol. 1** – Simon Tofield
1054. **Simons's Cat: as aventuras de um gato travesso e comilão – vol. 2** – Simon Tofield
1055. **Só as mulheres e as baratas sobreviverão** – Claudia Tajes
1057. **Pré-história** – Chris Gosden
1058. **Pintou sujeira!** – Mauricio de Sousa
1059. **Contos de Mamãe Gansa** – Charles Perrault
1060. **A interpretação dos sonhos: vol. 1** – Freud
1061. **A interpretação dos sonhos: vol. 2** – Freud
1062. **Frufru Rataplã Dolores** – Dalton Trevisan
1063. **As melhores histórias da mitologia egípcia** – Carmem Seganfredo e A.S. Franchini
1064. **Infância. Adolescência. Juventude** – Tolstói
1065. **As consolações da filosofia** – Alain de Botton
1066. **Diários de Jack Kerouac – 1947-1954**
1067. **Revolução Francesa – vol. 1** – Max Gallo
1068. **Revolução Francesa – vol. 2** – Max Gallo
1069. **O detetive Parker Pyne** – Agatha Christie
1070. **Memórias do esquecimento** – Flávio Tavares
1071. **Drogas** – Leslie Iversen
1072. **Manual de ecologia (vol.2)** – J. Lutzenberger
1073. **Como andar no labirinto** – Affonso Romano de Sant'Anna
1074. **A orquídea e o serial killer** – Juremir Machado da Silva
1075. **Amor nos tempos de fúria** – Lawrence Ferlinghetti
1076. **A aventura do pudim de Natal** – Agatha Christie
1078. **Amores que matam** – Patricia Faur
1079. **Histórias de pescador** – Mauricio de Sousa

1080. **Pedaços de um caderno manchado de vinho** – Bukowski
1081. **A ferro e fogo: tempo de solidão (vol.1)** – Josué Guimarães
1082. **A ferro e fogo: tempo de guerra (vol.2)** – Josué Guimarães
1084(17). **Desembarcando o Alzheimer** – Dr. Fernando Lucchese e Dra. Ana Hartmann
1085. **A maldição do espelho** – Agatha Christie
1086. **Uma breve história da filosofia** – Nigel Warburton
1088. **Heróis da História** – Will Durant
1089. **Concerto campestre** – L. A. de Assis Brasil
1090. **Morte nas nuvens** – Agatha Christie
1092. **Aventura em Bagdá** – Agatha Christie
1093. **O cavalo amarelo** – Agatha Christie
1094. **O método de interpretação dos sonhos** – Freud
1095. **Sonetos de amor e desamor** – Vários
1096. **120 tirinhas de Dilbert** – Scott Adams
1097. **200 fábulas de Esopo**
1098. **O curioso caso de Benjamin Button** – F. Scott Fitzgerald
1099. **Piadas para sempre: uma antologia para morrer de rir** – Visconde da Casa Verde
1100. **Hamlet (Mangá)** – Shakespeare
1101. **A arte da guerra (Mangá)** – Sun Tzu
1104. **As melhores histórias da Bíblia (vol.1)** – A. S. Franchini e Carmen Seganfredo
1105. **As melhores histórias da Bíblia (vol.2)** – A. S. Franchini e Carmen Seganfredo
1106. **Psicologia das massas e análise do eu** – Freud
1107. **Guerra Civil Espanhola** – Helen Graham
1108. **A autoestrada do sul e outras histórias** – Julio Cortázar
1109. **O mistério dos sete relógios** – Agatha Christie
1110. **Peanuts: Ninguém gosta de mim... (amor)** – Charles Schulz
1111. **Cadê o bolo?** – Mauricio de Sousa
1112. **O filósofo ignorante** – Voltaire
1113. **Totem e tabu** – Freud
1114. **Filosofia pré-socrática** – Catherine Osborne
1115. **Desejo de status** – Alain de Botton
1118. **Passageiro para Frankfurt** – Agatha Christie
1120. **Kill All Enemies** – Melvin Burgess
1121. **A morte da sra. McGinty** – Agatha Christie
1122. **Revolução Russa** – S. A. Smith
1123. **Até você, Capitu?** – Dalton Trevisan
1124. **O grande Gatsby (Mangá)** – F. S. Fitzgerald
1125. **Assim falou Zaratustra (Mangá)** – Nietzsche
1126. **Peanuts: É para isso que servem os amigos (amizade)** – Charles Schulz
1127(27). **Nietzsche** – Dorian Astor
1128. **Bidu: Hora do banho** – Mauricio de Sousa
1129. **O melhor do Macanudo Taurino** – Santiago
1130. **Radicci 30 anos** – Iotti
1131. **Show de sabores** – J.A. Pinheiro Machado
1132. **O prazer das palavras** – vol. 3 – Cláudio Moreno
1133. **Morte na praia** – Agatha Christie
1134. **O fardo** – Agatha Christie
1135. **Manifesto do Partido Comunista (Mangá)** – Marx & Engels
1136. **A metamorfose (Mangá)** – Franz Kafka
1137. **Por que você não se casou... ainda** – Tracy McMillan
1138. **Textos autobiográficos** – Bukowski
1139. **A importância de ser prudente** – Oscar Wilde
1140. **Sobre a vontade na natureza** – Arthur Schopenhauer
1141. **Dilbert (8)** – Scott Adams
1142. **Entre dois amores** – Agatha Christie
1143. **Cipreste triste** – Agatha Christie
1144. **Alguém viu uma assombração?** – Mauricio de Sousa
1145. **Mandela** – Elleke Boehmer
1146. **Retrato do artista quando jovem** – James Joyce
1147. **Zadig ou o destino** – Voltaire
1148. **O contrato social (Mangá)** – J.-J. Rousseau
1149. **Garfield fenomenal** – Jim Davis
1150. **A queda da América** – Allen Ginsberg
1151. **Música na noite & outros ensaios** – Aldous Huxley
1152. **Poesias inéditas & Poemas dramáticos** – Fernando Pessoa
1153. **Peanuts: Felicidade é...** – Charles M. Schulz
1154. **Mate-me por favor** – Legs McNeil e Gillian McCain
1155. **Assassinato no Expresso Oriente** – Agatha Christie
1156. **Um punhado de centeio** – Agatha Christie
1157. **A interpretação dos sonhos (Mangá)** – Freud
1158. **Peanuts: Você não entende o sentido da vida** – Charles M. Schulz
1159. **A dinastia Rothschild** – Herbert R. Lottman
1160. **A Mansão Hollow** – Agatha Christie
1161. **Nas montanhas da loucura** – H.P. Lovecraft
1162(28). **Napoleão Bonaparte** – Pascale Fautrier
1163. **Um corpo na biblioteca** – Agatha Christie
1164. **Inovação** – Mark Dodgson e David Gann
1165. **O que toda mulher deve saber sobre os homens: a afetividade masculina** – Walter Riso
1166. **O amor está no ar** – Mauricio de Sousa
1167. **Testemunha de acusação & outras histórias** – Agatha Christie
1168. **Etiqueta de bolso** – Celia Ribeiro
1169. **Poesia reunida (volume 3)** – Affonso Romano de Sant'Anna
1170. **Emma** – Jane Austen
1171. **Que seja em segredo** – Ana Miranda
1172. **Garfield sem apetite** – Jim Davis
1173. **Garfield: Foi mal...** – Jim Davis
1174. **Os irmãos Karamázov (Mangá)** – Dostoiévski
1175. **O Pequeno Príncipe** – Antoine de Saint-Exupéry
1176. **Peanuts: Ninguém mais tem o espírito aventureiro** – Charles M. Schulz
1177. **Assim falou Zaratustra** – Nietzsche

1178. **Morte no Nilo** – Agatha Christie
1179. **Ê, soneca boa** – Mauricio de Sousa
1180. **Garfield a todo o vapor** – Jim Davis
1181. **Em busca do tempo perdido (Mangá)** – Proust
1182. **Cai o pano: o último caso de Poirot** – Agatha Christie
1183. **Livro para colorir e relaxar** – Livro 1
1184. **Para colorir sem parar**
1185. **Os elefantes não esquecem** – Agatha Christie
1186. **Teoria da relatividade** – Albert Einstein
1187. **Compêndio de psicanálise** – Freud
1188. **Visões de Gerard** – Jack Kerouac
1189. **Fim de verão** – Mohiro Kitoh
1190. **Procurando diversão** – Mauricio de Sousa
1191. **E não sobrou nenhum e outras peças** – Agatha Christie
1192. **Ansiedade** – Daniel Freeman & Jason Freeman
1193. **Garfield: pausa para o almoço** – Jim Davis
1194. **Contos do dia e da noite** – Guy de Maupassant
1195. **O melhor de Hagar 7** – Dik Browne
1196. (29). **Lou Andreas-Salomé** – Dorian Astor
1197. (30). **Pasolini** – René de Ceccatty
1198. **O caso do Hotel Bertram** – Agatha Christie
1199. **Crônicas de motel** – Sam Shepard
1200. **Pequena filosofia da paz interior** – Catherine Rambert
1201. **Os sertões** – Euclides da Cunha
1202. **Treze à mesa** – Agatha Christie
1203. **Bíblia** – John Riches
1204. **Anjos** – David Albert Jones
1205. **As tirinhas do Guri de Uruguaiana 1** – Jair Kobe
1206. **Entre aspas (vol.1)** – Fernando Eichenberg
1207. **Escrita** – Andrew Robinson
1208. **O spleen de Paris: pequenos poemas em prosa** – Charles Baudelaire
1209. **Satíricon** – Petrônio
1210. **O avarento** – Molière
1211. **Queimando na água, afogando-se na chama** – Bukowski
1212. **Miscelânea septuagenária: contos e poemas** Bukowski
1213. **Que filosofar é aprender a morrer e outros ensaios** – Montaigne
1214. **Da amizade e outros ensaios** – Montaigne
1215. **O medo à espreita e outras histórias** – H.P. Lovecraft
1216. **A obra de arte na era de sua reprodutibilidade técnica** – Walter Benjamin
1217. **Sobre a liberdade** – John Stuart Mill
1218. **O segredo de Chimneys** – Agatha Christie
1219. **Morte na rua Hickory** – Agatha Christie
1220. **Ulisses (Mangá)** – James Joyce
1221. **Ateísmo** – Julian Baggini
1222. **Os melhores contos de Katherine Mansfield** – Katherine Mansfied
1223. (31). **Martin Luther King** – Alain Foix
1224. **Millôr Definitivo: uma antologia de *A Bíblia do Caos*** – Millôr Fernandes
1225. **O Clube das Terças-Feiras e outras histórias** – Agatha Christie
1226. **Por que sou tão sábio** – Nietzsche
1227. **Sobre a mentira** – Platão
1228. **Sobre a leitura *seguido do* Depoimento de Céleste Albaret** – Proust
1229. **O homem do terno marrom** – Agatha Christie
1230. (32). **Jimi Hendrix** – Franck Médioni
1231. **Amor e amizade e outras histórias** – Jane Austen
1232. **Lady Susan, Os Watson e Sanditon** – Jane Austen
1233. **Uma breve história da ciência** – William Bynum
1234. **Macunaíma: o herói sem nenhum caráter** – Mário de Andrade
1235. **A máquina do tempo** – H.G. Wells
1236. **O homem invisível** – H.G. Wells
1237. **Os 36 estratagemas: manual secreto da arte da guerra** – Anônimo
1238. **A mina de ouro e outras histórias** – Agatha Christie
1239. **Pic** – Jack Kerouac
1240. **O habitante da escuridão e outros contos** – H.P. Lovecraft
1241. **O chamado de Cthulhu e outros contos** – H.P. Lovecraft
1242. **O melhor de Meu reino por um cavalo!** – Edição de Ivan Pinheiro Machado
1243. **A guerra dos mundos** – H.G. Wells
1244. **O caso da criada perfeita e outras histórias** – Agatha Christie
1245. **Morte por afogamento e outras histórias** – Agatha Christie
1246. **Assassinato no Comitê Central** – Manuel Vázquez Montalbán
1247. **O papai é pop** – Marcos Piangers
1248. **O papai é pop 2** – Marcos Piangers
1249. **A mamãe é rock** – Ana Cardoso
1250. **Paris boêmia** – Dan Franck
1251. **Paris libertária** – Dan Franck
1252. **Paris ocupada** – Dan Franck
1253. **Uma anedota infame** – Dostoiévski
1254. **O último dia de um condenado** – Victor Hugo
1255. **Nem só de caviar vive o homem** – J.M. Simmel
1256. **Amanhã é outro dia** – J.M. Simmel
1257. **Mulherzinhas** – Louisa May Alcott
1258. **Reforma Protestante** – Peter Marshall
1259. **História econômica global** – Robert C. Allen
1260. (33). **Che Guevara** – Alain Foix
1261. **Câncer** – Nicholas James
1262. **Akhenaton** – Agatha Christie
1263. **Aforismos para a sabedoria de vida** – Arthur Schopenhauer

lepmeditores
www.lpm.com.br
o site que conta tudo

IMPRESSÃO:

PALLOTTI
GRÁFICA

Santa Maria - RS | Fone: (55) 3220.4500
www.graficapallotti.com.br